U0931731

# 怪奇謀殺案

馬菲 著

筆求人

人間X靈界

靈媒・邪術・邪靈・咒物・養鬼仔・吸血鬼

人在做，天在看，
凡走過必留下痕跡

# 第一章

## 第二章 怪



## 第三章 奇

# 前言

執筆的時候，尚未知道《邪門謀殺案》的成績，沒有問出版社，總覺得有點壓力，出版實體書的困局，說得膩了，也就不在此贅。

想過寫其他類型的，但想來想去，鬼故以外，還是奇案順手，雖然奇案書叢中高手林立，競爭激烈，然而世界各地的奇案卻多如恆河沙，只要肯發掘，大概還可以為讀者們帶來一些新刺激吧！

從「靈異」至「邪門」，到這次「怪奇」，一直希望帶來點點變化，卻又不失讀者對作品的盼望，所以在搜羅奇案之時，筆者亦費盡心思，千挑百選，一樣會有「靈異」和「邪門」，另有「怪奇」的，甚至我認為是「惹笑」的在其中，希望大家會喜歡。

事不宜遲，看奇案去吧！

# 第一章 靈

# 輔大女生成白骨 冤魂搖床纏真兇

有想過如何毀屍滅跡嗎？

不，我不是說每個人都想殺人啦！而是我們或多或少會想像過類似的情節，就算不是自己要這麼做，例如看電影時見到殺人後的處理，心中總有疑惑：「這樣真的行嗎？應該很快就會被發現吧？他沒有常識的嗎？」

電影看多了，奇案看多了，我們就知道毀屍滅跡其實不易，正如大家都耳熟能詳的說話「凡走過必留下痕跡」，只差你有沒有被發現？又是如何發現？

痕跡的種類林林總總，最先想到的就是指紋和DNA，然後血跡、腳印、衣物纖維、花粉、甚至泥土。現代除了閉路電視（監視器），也會有電話收訊定位，App定位等。要偽造死因也不容易，簡單如是先窒息才掉進水裡還是遇溺而亡，死狀的呈現就已經不同。我在其他作品中亦提過，消防員遇到吊頸自殺的個案，千萬不可以把繩結解開，而得用剪的，因為從打結的方式也可以推斷是自殺還是他殺的可能性。

那末，由幹練的警探又或者資深的法醫來幹，是不是就可以神不知鬼不覺呢？或許查起上來難度會高一點，但就算多有計劃的謀殺案，實行起來總會出現很多變數，很多控制不到的因素，越了解查案的法則，大抵越明白天網恢恢，疏而不漏的道理。

當然，自作聰明的人很多，抱著僥倖心態的人亦然，結果聰明反被聰明誤。

以下的案件，犯人以為憑自己的專業知識，能操控別人，甚至殺人埋屍也能逃過法網，結果還是逃不過心裡的鬼，又或是真正的鬼？

與很多謀殺案一樣，這一次也是由失蹤開始。

時為2013年，於輔仁大學就讀夜間課程的女生陳昱儒無故曠課多天，同學和老師都沒法找到她，聯繫家人後皆無其消息，校方感到事有蹊蹺，於是向新北市新莊區警局報案。

警方立案調查，發現當時二十六歲的陳昱儒長相甜美，成績優異，因自小父母雙亡，性格獨立，不過缺乏安全感，在校內經常獨來獨往。陳昱儒並無信用卡，因而查不到她在失蹤這段時間的消費記錄，同時亦沒有她在這段其間的出入境記錄和入院就診等記錄，簡單來說就是找不到她的生活痕跡，彷似人間蒸發。

警方查看陳昱儒的社交媒體，發現她在四月二十七日出過一帖後就再無發帖了，其內容看來陳昱儒似是為了某些事情而放不下，帖文如下——

「如果能接受有殘缺的人生　不再執著

或許可以過得更好」

## 與「情」字有關

命案很多時都跟個「情」字有關，就算不是謀殺，也可以是為情自殺，警方於是開始調查起陳昱儒的感情生活。一查就發現，陳昱儒於年前與深愛的男友分手，愛情重創。

前男友姓陳，是大學籃球隊員，外型俊朗，身材健碩，萬人愛戴，陳昱儒十分迷戀他，生活幾乎都圍著她在轉。然而愛得深，分得痛，陳昱儒深受打擊，一直未能釋懷。

難道陳昱儒的失蹤真與她的前男友有關嗎？

警方很快就找來陳男問話，陳男對與陳昱儒曾經相戀一事直認不諱，同時亦承認較早前已因性格不合而分手，警方深入調查後認為陳男並無嫌疑，然後將調查重點放在陳昱儒手機的通訊中。

是次調查的領軍張隊長發現陳昱儒為了挽回與陳男已破裂的感情，在無計可施的情況下竟然找法師協助。

十個法師，九個神棍，尤其搞陰陽和合的，多多無好人，經常看準求助者茫然不安、沒有主意，抓住其弱點來敲詐操控，騙財騙色。

警方很快就找來與陳昱儒接洽的李天人法師。

李法師十分合作，和盤托出，指陳昱儒真的有為挽回感情一事找他作法處理，奈何該法事必須有男方的住址方成，陳昱儒雖然曾與陳男拍拖，卻無他的住址，所以施法幾次均告失敗。有見及此，李天人就介紹一位認識的徵信社老闆黃文進給陳昱儒認識。

黃文進除了是老闆，同時身兼私家偵探一職，專辦婚姻感情調查、背景調查及個人追蹤等。總而言之，黃文進表示可以幫到陳昱儒。

警方找來黃文進問話，黃文進雖然承認與陳昱儒認識，卻否認是經李天人而認識，而是在外面玩時認識的，看來是想撇開與陳昱儒的僱傭關係。

兩人說法前後矛盾，定然是有一邊說謊。

警方繼續深入調查兩人與陳昱儒的關係，竟然發現陳昱儒曾經分別轉帳十一萬、二十萬、甚至多達三百萬台幣給黃文進。

到底陳昱儒為什麼要轉帳那麼多錢給黃文進呢？就算是委託他查前男友的住址也犯不著用那麼多錢吧？難道真的進了謀人寺嗎？

黃文進面對警方的質詢，竟說自己跟陳昱儒是情侶關係，錢是陳昱儒借給他作創業之用的。

警方當然沒有輕易採信黃文進的說法，反而徹底調查黃文進的背景，發現他不但已婚，而且到處留情，有好幾個秘密情人。黃文進足足比陳昱儒大上十三年，先前還為前男友愛得死去活來的陳昱儒，真的會忽然愛上用情不專兼其貌不揚的大叔黃文進嗎？

就算陳昱儒真的與黃文進是情侶關係，她一個大學生，哪裡來那麼多錢借給黃文進呢？原來陳昱儒的父母在她少時雙亡，遺留一個價值八百萬的物業給陳昱儒，她竟然將之抵押借款三百萬，然後全部交給黃文進，到底是為了什麼？

然而陳昱儒失蹤多時，警方查無憑據，無法證實黃文進說法真偽，可說莫奈他何。

警方又試著從其他方向入手，首先是破解了陳昱儒的電子郵箱，發現她四月二十七日（發最後帖文當日，及後再無消息）曾買了一張從新北往嘉義的火車票，然而陳昱儒在嘉義並無親戚朋友，而她手機訊號最後消失點亦在嘉義，推測她因著某些原因隻身前往嘉義，並在嘉義不幸遇害。

一直追查下去，發現陳昱儒曾與兩張太空卡號碼通訊，而該些卡亦曾跟黃文進聯繫過，而當中一張太空卡又曾聯絡過第三張電話卡，而這電話卡訊號來源與黃文進常用電話所處在同一的發射站基台，懷疑那些太空卡都由黃文進持有，用來掩飾行藏或通過中間人聯繫陳昱儒。雖然如此，這卻無法證實他與陳昱儒的失蹤有關，因為警方始終掌握不到有用的直接證據，但極高度懷疑事件與黃文進有關。

負責此案的張隊長感到一籌莫展，雖說他認為陳昱儒為挽回感情而找上法師是過於迷信，但他自己在苦無辦法之際亦同樣選擇了求神問卜，希望神明指引，讓他能為陳昱儒洗刷冤情。

## 神明賜示

神明賜示卻大出張隊長意料之外，竟說三個月內此案必破。當時已查了有半年時間，始終一無所獲，真的能在這樣的情況下於三個月內來個峰迴路轉嗎？

警方認定黃文進跟事件有關，調查發現黃文進活躍於台中，對台中十分熟悉，而台中又毗連嘉義，認為黃文進犯案時很有機會直接駕車往返台中及嘉義接送陳昱儒，就算不是自己開車，也有可能派專車接送。於是再一次從手機訊號入手，先確定陳昱儒的手機收訊位置，再把同一時段與該收訊位置一同移動的號碼過濾出來，終於找出了廿一個號碼，然後向法庭申請監聽。

監聽了一段時間，警方也聽不出個所以然，便決定逐一探查，沒料到從廿一個號碼中隨意挑一個出來查，竟然查出了一些端倪。這支手機號的主人姓施，正職為巴士司機，剛巧在陳昱儒遇害當日請了事假，這「巧合」立即引起了警方的注意，於是就登門造訪，找他聊聊。

警方查案的套路來來去去都是幾招，其中一招就是靠嚇，明明沒什麼實質證據，但看穿施男似乎心中有鬼，就說了一句：「你自己幹過什麼，你自己知道。」

施男害怕到極點，說自己可沒幹什麼壞事，當日請假只是因為缺錢跑去當兼差，而所謂兼差，正巧是到黃文進的徵信社打工，事情終於有點眉目了。

施男最初不想承認，但在警方咄咄逼問下最終還是承認曾接受黃文進指示去嘉義接陳昱儒。

原來黃文進向陳昱儒聲稱自己除了是私家偵探外，同時亦是法師，著陳昱儒犯不著找李天人幫手，他本人就可以幫忙，並成功遊說陳昱儒前往嘉義，再由飾演法師助手的施男前往接應。施男還按黃文進吩咐，在車上將一瓶「符水」交給陳昱儒飲用，但這所謂符水卻是一瓶加了FM2的水，FM2是一種強力安眠藥，在台灣有「強暴丸」之稱，簡單而言那瓶符水與迷姦水無異。

陳昱儒對黃文進深信不疑，飲了符水後昏迷不醒，施男將昏睡的陳昱儒交到黃文進手上，他或許當時未知道黃文進會謀財害命，但至少知道是心懷不軌，所以當警察上門時才會喘喘不安，最初還不想承認，怕牽扯到他頭上。

有了人證，警察再次找來黃文進問話，由於這次證據多了，警方甚至把黃文進關押起來，但黃文進卻看似胸有成竹，一直保持冷靜，對警方的一切指控矢口否認。

警方徹底搜查黃文進的一切，包括搜身、搜查工作地點和住家，結果搜出了手鎗、毒品、一隻USB，雖然黃文進不肯供出USB的密碼，但經警方科技資訊組解密後有驚人發現，USB內有陳昱儒赤裸浸在舖滿玫瑰的浴缸裡，另外還有一段黃文進與失去知覺的陳昱儒性交的片段，最駭人的是陳昱儒並非唯一的受害者，警方在USB內發現最少三名女性曾被黃文進迷姦過，看來黃文進是一名慣犯。

問題是，如此種種，依然證實不了黃文進與陳昱儒的失蹤有關，最多就是告他迷姦罪，證明不了他謀害陳昱儒。

黃文進之所以有恃無恐，是因為身為私家偵探的他反偵意識極強，除了先前利用太空卡隱藏行蹤的手段外，他還用了很多專業技能去銷毀證據，警察搜了很久也搜不出他殺人的證據。例如殺人的兇器、家裡和辦公室沒有任何血跡、沒有分屍痕跡等等。而且黃文進一直保持冷靜，先後十次進行偵訊，他的口供都如出一轍，不會前後矛盾，毫無破綻，難道真的會被他逃離法網？

張隊長眼看神明賜示的三個月之期近了，卻始終無法突破黃文進的防守，沒料到就在進行第十一次偵訊時，黃文進卻招認了一切。

為什麼會有這驚人的逆轉？

原來黃文進睡覺時竟發現床架無故搖動起來，驚醒之時一切又回復平靜，結果反覆好幾次過後，他竟見床尾搭著一隻手，看清楚竟然是一隻皮破肉腐，露出森森白骨的手，手的主人不是誰，正是陳昱儒，她的冤魂正抓著黃文進的床猛搖，嚇得黃文進屁滾尿流，知道自己就算逃得出警察的查辦，也逃不出陳昱儒向他索命的手，於是在翌日的偵訊中坦白承認罪行，並帶警察到埋屍地點，可憐的陳昱儒這時已化成一副白骨。

挖出屍骨後，黃文進繼續供出案情，他先前看準了陳昱儒為了挽回感情，什麼都願意做，於是就假扮法師，以施法為名要求與陳昱儒性交，並在她身上寫符。這無疑是我們熟悉的「性交轉運」騙人把戲，為什麼就能騙到陳昱儒呢？原來施法後前男友陳男竟真的因事致電給陳昱儒一次，這使她深深相信黃文進真有本事，從此對他言聽計從，不但獻上肉體，還不惜將父母遺留給她的物業抵押出去，再將錢都交給黃文進。

黃文進將陳昱儒搾乾淨盡後，想將之一腳踢開，擺脫糾纏，陳昱儒方知受騙，威脅要將事情公開。黃文進決定一不做二不休，把陳昱儒幹掉，以除後患。於是就使個原因將陳昱儒騙到嘉義，再由施男將之迷倒，黃文進接手後把陳昱儒帶到汽車旅館，再用一早準備好的手提罐裝瓦斯（即香港家用打邊爐那種石油氣），持續噴向陳昱儒的口鼻長達十多分鐘，造成對方窒息而亡，再到郊外棄屍。

如此種種，若非黃文進親口自白，警方真的難以查個水落石出。

如今真相大白，真的認驗了神明所指，在三個月內破案，令張隊長嘖嘖稱奇。

及後，黃文進被控殺人罪成，法官指黃文進用瓦斯令昏迷中的陳昱儒窒息而亡，陳昱儒死時應沒有太痛苦，故判黃文進免於死刑，而判無期徒刑，雖然筆者不太理解這個道理，因黃文進明明是個累犯，而且心腸歹毒，但這看來都不是法官的考量點，作出了具爭議的定讞。

黃文進利用他當私家偵探的知識，絞盡腦汁，以為萬無一失，最終被害人的冤魂親自出手，行兇者算盡機關，始終難逃法網。

# 史館妖刀疑作祟 衛兵姦殺學生妹

筆者發現，在過去兩本有關謀殺案的著作中，提過鬼魂、神明、靈媒、靈犬、靈鳥等等，竟然沒提過「咒物」。

咒物，就是受詛咒之物，小至一枚指環、一隻洋娃娃；大至一輛車、一間屋都可以是咒物。

在華人文化中，咒物常與「怨靈」、「陰氣」或「不祥之物」相關聯，指因歷史悲劇（如戰爭、兇殺）而被認為沾染負面能量的物品。例如，沾血的武器、墓地遺物或與死亡相關的物件常被視為咒物。

1999年6月19日，當時十七歲，就讀景美女中二年級的女生張富貞，因需要為完成軍訓課程提交報告，遂決定前往軍史館搜集資料。

當日下午二時，張富貞由哥哥用機車載送至軍史館，張富貞入內翻查資料及拍照，其哥哥則趁空檔到附近購物，兩人約定一小時後在館外碰面接送回家。

張兄依約在門外等候，卻久久未見其妹，只好入內尋找，竟不見其蹤影，問當值衛兵，也說裡頭沒人。

張兄心底裡覺得奇怪，但又早已約好在門外等候，於是又苦候了一個小時，始終等不到妹妹到來，又入軍史館再問一次，衛兵還是同一番話，說裡頭沒人，甚至沒印象見過張富貞。

張兄心想自己明明親自送妹妹來的，怎可能不見蹤影？但那時還未想到妹妹遭逢不測，只想到可能妹妹很快就完成了先行回家，於是張兄亦駕車回家去了。

張兄回家後，發現妹妹並未返家，張母責怪他做哥哥的竟與妹妹失聯，兩人都認為張富貞自幼懂事有責任心，不會無緣無故失蹤，久候未果決定報警求助。

警方聽畢兩人說詞後，也未意識到問題嚴重性，認為只要一同回軍史館一趟，就算未能查個水落石出，至少也會獲得些有用的線索。

警察也好、張富貞的家人也好，哪會想到竟會被軍史館的人拒諸門外，原因竟然是過了開放時間。

這可是性命攸關的事啊！

無奈的是軍史館屬軍方管轄，警方也無權插手，唯有等它開放，這一等就是兩天。

兩天後，軍史館才允許警方進入，但館長李明德上校以各種理由阻撓警方進入館長室及會議室，聲稱「軍史館很安全，失蹤者可能是離家出走」。

警方當然不會被這敷衍的藉口打發，並要求查看館內的監視器記錄。

這個要求合情合理，免得口講口賠，到底張富貞有沒有進去軍史館？什麼時候離開？看錄影帶不就最清楚了嗎？

然而，軍史館竟表示監視器並未錄影，理由包括「白天不錄影」、「端午節假期不錄影」等，其後甚至離譜到拿5月19日的錄影帶試圖搪塞（案發為6月19日）。

這樣刻意的隱藏，令警方更加深信軍史館裡頭出了問題，而能夠對當天錄影帶動手腳的，自然是負責保管錄影帶的衛兵，而當天負責的當值衛兵名叫——郭慶和。

警方開始盤問他，但他應對自若，似不驚懼，問不出什麼來。此時一位刑警想起張媽媽曾經提到，張富貞的性格並不懦弱，不是那種甘心受戮的人，若真的遭逢毒手，勢必負隅頑抗，這麼一來就很有可能在行兇者身上留下傷痕。

於是，警方就要找個理由來看看郭慶和身上是否留有傷痕。

想來想去，記得張兄提過當日見到郭慶和時，他身上穿的是軍服而非運動服，便以要讓張兄認人為藉口，請被盤問時身穿運動服的郭慶和換上軍服。

郭慶和並未拒絕，拿起軍服就想到洗手間去更換，警方當然不會輕易讓這難得的機會溜走，於是便以大家都是男性為由，請郭慶和即席換衫。

當刻，郭慶和面色大變，狀甚為難，但可能一時想不到藉口推卻，只好勉為其難，轉身背對警察們更衣。

郭慶和脫下運動服後，裡頭還有一件白色內衣，當他準備穿上軍服時，警察馬上制止，並示意他內衣也要一併除下。

郭慶和沒辦法只好除下，並按警察要求轉身正對著他們，當時還手抱胸前，似在遮掩什麼。後來，警察要求他舉起雙手，終於發現他胸前有五道抓痕。

警察馬上抓緊時機，指著抓痕就問：「這是你要對那女生下毒手時被抓出來的，對不對？」

郭慶和幾乎被嚇得魂不附體，連腿也軟了，雖然如此，他還是極力否認，還推說紅痕是擦鎗的時候被準星劃傷。

在台灣，每個男生都要當兵，警察們當然都當過，一聽就知道他在胡說八道，自然不信，反覺得他的嫌疑越來越深。

不知是郭慶和本身記憶混亂，還是怕自己越說越錯，他突然要求警方給他紙筆，他要用寫的。

警方答允，但請他先回答一個看似簡單，卻又極度揪心的問題：「現在，檢察官在這裡，你的長官也在這裡，你先告訴我們，是不是你把她害了？」

「是。」郭慶和終於承認。

那麼，下一個問題，張富貞到底哪裡去了？

郭慶和表示自己用垃圾袋裝起張的屍體，趁夜騎車到外面把屍體遺棄在路邊，但由於當時慌忙行事，只知自己往板橋方向，不肯定確實位置。

警方按他描述推測可能的棄屍地點，立即派人前往搜尋，奈何遍尋不獲，想到不知郭慶和是否編造謊言之餘，亦派人告知張母最新狀況。

張母聞言後在女兒靈前上香，望她在天有靈，要讓警察尋回其屍體。

奇就奇在，這香一上，不出半小時，警方就尋獲她的屍體了。

這邊廂尋回屍體，那邊廂郭慶和又招認得如何呢？

據郭慶和供稱，他當日見色起心，遂誘騙張富貞至館長室浴廁，試圖性侵，張富貞激烈反抗並抓傷其胸口，導致他憤而將其勒斃，隨後對遺體進行猥褻。事後，他先將屍體藏在館長室浴廁，並回到工作崗位，晚上才前往棄屍。

之前一直不肯配合的軍方，此時見紙包不住火了，又突然積極起來，並以郭慶和是軍人為由，以軍法來處置。在1999年7月19日，即事發僅一個月，還有很多細節未明的情況下，以國防部軍事法庭依《陸海空軍刑法》中的「強制婦女性交罪」及《刑法》中的「殺人罪」和「遺棄屍體罪」，判處郭慶和死刑。

郭慶和表示願意放棄上訴，但其家人質疑軍法審判過程粗糙，堅持上訴。國防部則強調審判謹慎，稱郭慶和「手段殘忍，天良泯滅」，必須處以極刑。同年8月，郭慶和被執行槍決，案件迅速結案。

## 懷疑與與軍方高層有關

案件震驚台灣社會，特別是受害者僅十七歲，且在理應安全的軍事單位內遇害，而軍方的處理又讓人有疑惑之處，引發民眾對軍方管理與安全的強烈不信任，甚至懷疑事情是否與軍方高層有關。

這樣的疑慮並非空穴來風，首先，郭慶和只是一個地位低微的衛兵，他真的有權擅自出入館長室施暴並藏屍，還可以進入監控室刪除影像嗎？為什麼事發後，最初軍方會處處阻撓警方調查，若只是一個小兵犯罪，大可把他交出來啊！為怕影響軍方聲譽有必要做到與警方對著幹的地步嗎？

郭慶和供稱在館長室行兇，當時張富貞奮力反抗，已經十七歲的張並不是小女孩，郭慶和真能憑一己之力將之制伏嗎？還是有共犯一同行事？

另外，既然房內曾發生過激烈施暴和反抗，房間裡應該會留下不少痕跡才是，但警方初次入內調查時並無發現，原來是當時的館長李明德（有夠諷刺的名字）曾經下令打掃，難道他不知道這等同銷毀證據嗎？還是他故意為之？

最後，還有一個很重要的問題，郭慶和真的只是見色起心那麼簡單嗎？要知道犯罪者一般都取易不取難，郭慶和明知軍史館內有其他衛兵，而且館內佈滿監視器，真的會急色得完全不思考可行性就犯案嗎？

可惜的是，這一切疑問，都伴隨軍方迅速把郭慶和處刑後石沉大海。

不過，據知情的警察透露，郭慶和在被盤問其間，曾透露過一件十分詭異的事。郭慶和對於警察問他作案動機，郭慶和自己也感到莫名其妙，雖說是色心起，但他自己也不懂為什麼當下會完全失控。郭慶和沒有前科，案發後也沒有聽說過有舊朋友、舊同學出來說他不是，說他有任何猥褻行為。要知道，不少性罪犯的異常行為都不是一次性或即時性的，台灣的性罪犯就大約有三至四成會有青年時期的犯罪記錄。

郭慶和認為這可能與館內一件展品有關——一柄九八式軍刀，上面刻著「南京之役殺107人」幾個大字，顧名思義就是一柄在南京大屠殺裡殺過一百零七人的軍刀，簡單來說就是一柄妖刀。郭慶和說這刀在夜裡會逕自發出奇異的光

刀上刻著「南京之役殺 107 人」

芒，看著令人神暈目眩，可能自己被它所影響，甚至被冤魂附身才會影響了他的行為，導致他犯下性侵與兇殺罪行。

這一說法被當時的媒體廣泛報導，特別是一些小報和網路討論，增添了案件的神秘色彩。當時的報導將武士刀與靈異元素連結，特別強調其與南京大屠殺的關聯，稱其可能沾染「怨氣」或有「血腥歷史」。這類報導雖迎合了公眾對神秘事件的興趣，但缺乏實證。

若試圖從科學角度解釋，郭慶和的「冤魂附身」說法可能反映其心理壓力或精神狀態不穩。作為一名普通二兵，他在軍史館的孤獨環境、軍中壓力或個人心理問題，可能導致他將犯罪行為歸因於超自然力量。

無論如何，官方調查從未證實妖刀害人的說法，認為這可能是郭慶和試圖減輕罪責的托詞，或其心理狀態不穩的表現。郭慶和的供詞中並無具體證據支持「冤魂」說法，故法庭未將此納入判決考量。

然而，在案件逐漸被淡忘之際，某件事卻令妖刀傳說再度熱絡起來。

2018年8月18日，男子呂軍億潛入軍史館，偷走這把被認為與張富貞命案相關的武士刀，隨後闖入政府機關，持刀砍傷一名憲兵，要求與蔡英文見面，他最終被制服並逮捕。從新聞畫面可以見到持刀者神色怪異、目露兇光，似在失神的狀態。

此事件讓軍史館命案與武士刀的傳聞再度浮上水面。部分媒體和網路討論重新提起「咒物」說法，認為這把刀似乎會讓人產生異常行為。

不過，這種猜想很可能出於台灣社會對靈異現象有濃厚的興趣，特別是與歷史悲劇（如南京大屠殺）或暴力事件相關的物品，常被賦予「怨靈」或「詛咒」的想像。公眾對「咒物」說法的接受，則可能與「認知失調」有關，因為面對軍方不透明的調查與快速結案，民眾傾向於用靈異解釋來填補真相的空白。

真是信不信由你。

# 戀童變態養鬼仔
# 勒殺男孩赴黃泉

若然殺人可以牽扯到與咒物有關，又可不可以牽涉到一些邪術或邪靈呢？

例如養鬼仔。

我親愛的讀者們，不少熱愛靈異故事，定然聽不少有關養鬼仔的故事，特別是近年越來越流行這玩意，甚至在人流極多的商場鋪內有售，不似以前要去泰國四出尋訪才能恭請回去，現在只要你有錢隨時可以買一隻來養，雖然方便，但也聽聞有不少人因此出事的。

2015年5月13日，新竹有一名姓林的小六男童（下簡稱「林童」）到了吃飯時間還未回家，家人擔心下致電安親班，卻是一問三不知，原來林童找了個藉口沒去安親班，那麼他到底跑到哪兒呢？

林母第一時間想到要聯絡兒子的同學，逐一致電過去，答案都不謀而合：「他跑到小寶哥哥家玩了！」

這位孩子口中的小寶哥哥到底是誰？

林母一等再等，依然不見林童回家，決定報警。

警察翻看監視畫面，很快就發現林童離校後隨一名叫李靖的男子出現在某社區（即香港的「屋苑」），看上去神情自若，不似被脅迫或綁架，李靖則跟在他身後。

半小時後，李靖把看來已失去知覺的林童扛在肩上，走向地下室，身旁還跟著另一男子陳天心，林童看來情況不妙。

警方憑監視影片追查，至晚上十時五十五分，終於查出李靖的所在位置，立即派員掩至，破門而入。

大門方開，警員就發現裡頭瀰漫著刺鼻的化學品味道，是曾使用水煙式殺蟲劑所致，林童則陳屍床上，失去生命表徵。旁邊沙發上則躺著一名精神渙散的男子，正是嫌犯李靖。

為什麼他人在屋內，卻要使用水煙式殺蟲劑呢？用來自殺？用來遮掩什麼奇怪的味道？但林童剛去世不久，不至於要掩蓋他身上的味道啊！

原來李靖有吸食安非他命的習慣，這是用來掩蓋毒品味道的。他之所以精神渙散，正是因為他剛吸完毒嗎？

警方在該單位作初步搜查，的確有找到剩餘毒品，但除此之外還找到了一些詭異的東西。

屋內有一個神壇，祭壇左邊設一個神龕，中間擺放神像，旁邊還有一個小棺材，右邊則放了些糖果作祭品，神壇旁邊掛著一幅黃色印有泰文的符咒。

或許你會說，家中有泰國神壇也沒什麼奇怪，只是不同的宗教信仰而已。但，若我告訴你神龕裡的是帕嬰、神像是女鬼娜娜、寫有泰文棺材中放有嬰兒骨頭的話，你又會不會覺得有點邪門呢？

李靖的精神狀態不穩，真的只與毒品有關嗎？

當時，在台灣就有不少民俗學家和玄學家跑出來指李靖走上邪魔外道，主要是養鬼養到走火入魔，才導致失心瘋。由於當時李靖的精神狀態極之不穩，語無論次，一時間也問不出什麼，警方於是將注意力集中到另一人身上，監視器拍到與李靖同行的男子，已從台北逃回老家嘉義的陳天心。

陳天心無論面對警方或是在傳媒的鏡頭下都一派自若，保持微笑，稱自己與李靖不過是普通朋友，並不認識林童，亦不知道發生了什麼事。然而，真的與他毫無關係，為什麼事發後又馬上逃回嘉義？而且監視錄像明明清清楚楚的拍下來了，他又怎麼解釋？

警方窮追猛打，陳天心知道再詐傻扮懵都無用，才招認說是李靖用五十萬請他協助行兇，在林童玩遊戲機時乘他不備將他從後勒斃。

警方當然不會只聽片面之詞，亦有就陳天心的供詞去問李靖，李靖卻否認說只有自己行兇，唯他的精神狀態反覆，供詞斷斷續續，並沒辦法好好交代清楚整件事的來龍去脈。

## 驗屍報告出爐

這時候，林童的驗屍報告出爐，分別有手指發青、腳部痙攣、眼瞼出血、咽喉深層肌肉出血等，判斷為遭受外物壓迫窒息致死（與陳天心供述的勒殺方法有出入），無被性侵的痕跡。

兩人證供，疑點重重，警方開始搜集其他人的證供，發現很多男童都認識李靖，並稱他小寶哥哥。原來李靖雖然只有做兼職賺錢，錢不多但對男童表現闊綽，經常請他們飲飲食食，還邀他們回家打遊戲機、教他們玩樂器等，社交平台上的朋友竟大部份都是男童，亦有不少與男童抱頭攬頸，表現熟絡的照片，警方初步懷疑他有戀童癖。

可是就算警方猜測沒錯，也不能解釋為什麼李靖非殺掉林童不可，因為若只是單純的戀童，按理說目的是性侵，但驗屍結果卻顯示未有，那為什麼李靖要殺人？還要牽涉多一個陳天心？

警方開始調查李靖與陳天心的關係，原來兩人在泰國旅遊時認識成為朋友，不算很熟絡的朋友，沒有什麼兩脇插刀的交情或什麼共同癖好，據陳天心說就是五十萬酬勞，還有李靖答應介紹他一份禮儀師工作。

爾後，警方又開始查兩人的背景，陳天心的背景比較單純，曾在大學研習獸醫相關科目後肄業，做過殯儀行業，後在拉麵店打工，是親人口中的乖仔，朋友好中有愛心、見到動物受傷會立即幫忙的好人。

反之，李靖被查出過去就曾有猥褻孩童的記錄，只是當年他未成年，後又改名才一時間沒人知道而已。

李靖被捕後看似神態異常，而且語無論次，但據認識他的人提到，李靖心思縝密，能言善道，說謊不打草稿，懂得操弄人心。李靖曾經用演的，騙過醫生而獲得身障手冊，不單不用服兵役，還拿到身障津貼。案發當日亦是由他假扮林童家人致電安親班請假，又假扮安親班職員致電林童祖母，說林童會晚返，完全無人察覺有異。李靖明明只有打零工賺錢，根本沒可能拿出五十萬來請陳天心殺人，卻又騙得陳天心相信他，並且先為他交租，甚至借錢給他，把陳天心耍得團團轉。不單如此，更有在買賣佛牌圈的人指李靖在該圈早就惡名昭彰，原來李靖經營古曼童買賣，因此與不少圈中人發生糾紛。有圈內人表示，李靖不時把殺人的想法掛在口邊，更曾揚言出兩百萬請人行兇，不過聽到的人都以為他只是精神不正常在胡言亂語。

不知是何原因，李靖被關柙在看守所一段時間後終於肯鬆口，交代案件的來龍去脈。

早在三月時開始，李靖已因財政困難深受困擾，幾度萌生自殺念頭。但李靖卻害怕孤獨地死去，竟想到要找個人陪自己共赴黃泉，想來想去，自己與林童關係最好，便決定帶走他，深信兩人死後便會永遠在一起。然而，李靖又怯於自己動手，於是便找來陳天心，唆使他動手殺人，其實他根本付不出五十萬元。

陳天心胡里胡塗真的下手了，錢沒收到半分，卻要賠上自己的人生，被以殺人罪起訴，最終被判無期徒刑，剝奪政治權利終身。

李靖雖然沒有親自動手，但他是始作俑者，亦同被判無期徒刑，剝奪政治權利終身。另外，他涉嫌猥褻九名男童，被以強制猥褻罪判了十八年九個月徒刑。

林童家人不滿判刑，認為該判死刑，但法官認為兩人不是凌辱變態殺人，未算罪大惡極，所以維持無期徒刑的判決。

李靖亦曾經上訴，希望以自己精神和智能出問題為抗辯理由，但這次沒那麼容易騙過醫生和法官，被認定能策劃殺人，智力和精神俱佳。

看倌認為李靖到底為什麼殺人呢？純粹戀童想人陪他上路？吸毒導致精神問題？還是真的因用精血餵養鬼仔，時間久了而被影響呢？

# Check this out
# 什麼是古曼童(Kuman Thong)？

古曼童（泰語：กุมารทอง，Kuman Thong）意為「金童」，是泰國民間信仰中的一種護身符或靈，據說寄宿著未出生或早逝孩童的靈魂，作為守護靈為供奉者帶來好運、財富或保護。

古曼童的傳說源自泰國阿瑜陀耶時期（1350-1767）的民間故事《坤昌坤平》。故事中，坤平（Khun Phaen）是一名軍人兼巫師，因妻子布阿克麗（Bua Klee）難產身亡，他從妻子子宮取出死胎，進行黑魔法儀式（在墓地燒烤胎兒、塗上金箔），將其製成古曼童，作為守護靈。

古曼童信仰結合了泰國的泛靈信仰與佛教元素，雖非主流佛教的一部分，但在泰國民間廣泛流傳，尤其在鄉村地區，所以過去要找古曼童得到偏遠地方。

根據古籍記載，製作古曼童需從流產或難產死亡的胎兒中取出屍體，在墓地進行儀式，於黎明前燒烤至乾燥，同時由巫師或僧人誦念咒語，召喚靈魂。隨後，胎兒屍體塗上「亞拉」（一種漆料）並覆蓋金箔，製成「金童」。部分古曼童還會浸泡在一種從燃燒死者下巴提取的油，據說能增強靈力。這種做法因涉及人體遺骸，在泰國現已非法，違者可面臨最高一年監禁及罰款。

供奉者需將古曼童視為「孩子」，提供食物（糖果、餅乾）、飲料（尤喜紅色飲料，如紅色芬達，象徵血液）、玩具及飾品，並定期點燃蠟燭、焚香。

供奉者需與古曼童建立情感聯繫，如跟它談天、為它命名、甚至邀請它「同行」（如出門時說：「請跟我走。」）。

據信，古曼童能回應供奉者的請求（如保護家宅、招財、警告危險），但需以善意對待，否則隨時遭到反噬。

不用懷疑，以上資料都是網上所得，我只是綜合淺說而已。

我想提出的是很多人對古曼童存在一些誤解，以為它有求必應，有些信徒甚至為了讓它有更大的法力而供上自己的精血，最後導致失心瘋，其實這並不一定是童靈作祟，而是一個人無止境讓自己的慾望失控和膨脹，遲早也會瘋掉。

筆者也是個會求神的人，但我不會祈求天降橫財，因為這不設實際，你想要中六合彩，你至少先去買一張啊！

筆者過去曾在黃大仙廟裡打工，某日突然有一善信跑進辦事處，放下一百萬現金說要捐款，原來他曾得末期癌症，以為必死無疑，來拜神祈福後奇蹟般康復，所以來還願。這是二十年前的事了，一百萬在當年並不是小數目。

然而，真是單單拜神就會康復嗎？當然不是，拜神之餘當然仍要看醫生、注意飲食、多做運動、保持心境開朗等。

神明保佑，是保你有醫緣，找到適合你的醫生，獲得正確的治療，手術順利，同時讓你有信心，心理負擔少一些，或者減少絕望感等。而不是什麼都不做，明明得肺癌還每天繼續抽煙抽得兇，這樣就算怎麼拜神都沒用的。

又例如求神拜佛希望考試合格，你也得溫習啊！你每天就是吃喝玩樂然後去考試，神明也沒辦法讓你考得五星星的。就算你養了隻再厲害的鬼仔都好，不要妄想它會像電影中的情節般去幫你看答案作弊，那是不設實際的。但若你有盡力溫習，誠心祈求，神明當可保你發揮應有水準。例如你當天拉不拉肚子就已經很影響你考試表現，神明可以保佑你別吃壞肚皮、可以保你考試前一晚睡得安寧、以萬全姿態迎戰，不會執筆忘字，正常發揮，把溫習好了的都成功應用出來。

最近，我去黃大仙廟拜神求籤，解籤人說是中吉籤，籤文謂只要我足夠勤力，就會在祈求之事上獲得好結果。我真是聽得心花怒放，試問這世上還有比努力付出然後得到回報這件事更好嗎？比不勞而獲強多了，不是嗎？

# 少女失蹤遍尋不獲 靈媒助查尋回屍首

筆者在前兩部作品中介紹過不少靈媒，他們都各擅勝場，各顯神通。今次要介紹的多羅西．艾莉森（Dorothy Allison），看上去只是一個普通大媽，卻是以擅於尋找屍體聞名的靈媒，美國警方經常找她協助查案，她處理過上千宗大小案件，有許多成功案例並被記錄下來，當中以接下來提到的蘇珊．捷克遜（Susan Jacobson）被謀殺案的討論度最高。

靈媒多羅西．艾莉森（Dorothy Allison）

事發於1976年的美國，當時十四歲的蘇珊與父親比爾和母親艾倫住在紐約州的斯塔頓島。蘇珊生於一個大家庭，家中有七兄弟姊妹，她於家裡排行第二，是個漂亮乖巧，很會照顧弟妹的少女。

1976年5月15日下午一點，蘇珊離家前往當地一間知名冰淇淋店Ralph's Ices，並不是她饞嘴嗜甜，而是應徵兼差。上文提到蘇珊家是個九人大家庭，開銷甚大，她排行第二，行有餘力，幫補家計，委實生性。奈何噩運卻在前面靜待著她，她出門去面試後就再沒有回家，也沒有人見過她了。

比爾和艾倫見愛女久久未歸，十分擔心，直等到晚上時實在沒法再等，於是選擇了報警。

警方問明前因，也打探了有關蘇珊的一些人際關係，知道她有一名男友後，就斷定她是與男友離家出走，稱這類案件警方幫不上忙。

比爾和艾倫並不同意警方的武斷說法，解釋愛女前往面試時身無長物，沒有行李、甚至沒有錢在身上，而且蘇珊在校成績出眾，是個模範學生，在家亦是乖巧伶俐，與家人關係甚好，不會無緣無故的離家出走。

警方卻堅稱沒有人手處理一般的離家出走案件，比爾和艾倫只好靠家人和朋友一起四出尋找，但兩個禮拜過去依然一無所獲。

苦無辦法之下，比爾和艾倫只好尋求另類幫助，決定找來專門處理失蹤案的靈媒多羅西。

比爾致電多羅西，在對方接聽後正想陳述來龍去脈時，多羅西卻似早有先見之明，截著他說：「我知道你們是誰，亦知道你們為什麼找我，告訴我你們的地址，我在四十五分鐘後就到。」

多羅西從未踏足比爾一家所住的斯塔頓島，亦從未見過他們一家，但雙方卻一見如故，多羅西好像知道很多有關比爾家的事。

事後，艾倫回憶起當年第一次與多羅西見面的情景，她這樣說：「多羅西給我一種腳踏實地的感覺，最初，我還以為她會像個吉卜賽的占卜師一樣，會攤開一副塔羅牌什麼的。」

然而，多羅西並不用什麼卡牌，也不用什麼水晶球，她能見常人未見的影像，接收常人未聞的訊息，簡單來說就是有種特別的靈感。

雙方甫見面，多羅西立即問艾倫說：「妳知道2562這組數字意味著什麼嗎？」

艾倫想了想，回答：「蘇珊的生日正巧是1962年2月5日。」

多羅西看來是確認了什麼，然後又問：「那麼你們知道ＭＡＲ是什麼意思嗎？」

這一次，艾倫搖搖頭，茫無頭緒。

一霎時，多羅西就說要請比爾和艾倫偕她前往報案，因為她「看」到了蘇珊已經被她的男友勒死。多羅西還說，藏屍地點附近，有人用紅色的顏料寫著「ＭＡＲ」三隻大字。

可惜的是，這一次警方並不賣靈媒的帳，不願為著不知是靈媒還是神棍的人的幾句話，就展開大規模調查。

除了「ＭＡＲ」之外，多羅西還提供了很多其他情報，例如她「嗅」到強烈的氣油味、「看」到一輛報廢的汽車、兩組教堂尖塔、雙煙囪、兩道十分靠近的橋（但其中一條不適合汽車行走）、還有沼澤和濕地。

比爾和艾倫綜合了多羅西所給予的線索，在島上標示了幾個有可能是藏屍地點的區域，再次展開調查。就在蘇珊失蹤三週後，比爾來到了斯塔頓島象牙港一處名為「Down-back」的地方展開搜索。該地區是水手港（也稱為水手沼澤）廢棄的唐尼造船廠，該造船廠在第一次世界大戰和第二次世界大戰期間曾活躍過。在那裡，比爾發現了一塊石頭，上面用紅色顏料寫著「MAR」，而附近的環境亦和多羅西提供的線索極為相似。

## 靈感不靈光？

比爾一行人立即在附近進行大規模搜索，可惜卻始終沒找到蘇珊的屍體。

是多羅西的靈感不靈光嗎？她看錯了嗎？如果她看錯，為什麼從未來過斯塔頓島的多羅西會知道這裡有個地方用紅字寫著「MAR」？難道是她事前來寫的，一切都不過是個騙局？但她幫忙調查卻是從不收費的，她又能騙到些什麼？

對此，多羅西對比爾說：「我肯定蘇珊被藏在這個地方，但那裡很隱密，我們需要警犬的幫忙，可惜我們沒有。」

是的，警方至此仍不肯出手相助。

其實，多羅西除了指出藏屍地點，還說出了兇手的名字——鄧普西·霍金斯（Dempsey Hawkins），亦即蘇珊的男友。

鄧普西當時十八歲，跟蘇珊拍拖約一年，但兩人的戀情一直不被外界看好，因為鄧普西是一名黑人少年，而蘇珊卻是一名漂亮的白人少女，在當時仍未開放多元的社會，兩人的戀情就算未至於是禁忌之戀，但也聽到不少反對之聲。

最初，蘇珊為了愛情，也不理反對聲音，依然故我，與鄧普西談戀愛，卻在不久之後懷上了對方的孩子。這麼一來問題就大了，蘇珊當時只有十四歲，尚在求學階段，根本無辦法與同樣年紀輕輕的鄧普西養育小孩，最後在聽從家人的建議下進行了墮胎手術。

之後，比爾勸女兒與鄧普西分手，至少要暫時分開，讓她有段冷靜期，可以認真思考該當如何，免得一錯再錯。

比爾聽到多羅西說鄧普西是兇手時，心中的感嘆和認同簡直難以言喻，心裡贊同之餘，卻又苦無證據。比爾一直有種直覺是鄧普西做的，感覺他是那種自己得不到，就想要毀掉的人，回想在蘇珊失蹤之初，鄧普西不單扮作不知情，還加入搜索隊伍，認真令人心寒，猜測鄧普西是故意加入其中，帶錯方向，所以才會一直未有找到。

奈何以上種種，都不過是臆測，警方依然不賣帳，稱一日沒有發現蘇珊的屍體，都不會把案件當成兇殺案，更不會將鄧普西當成嫌犯。

直至1978年3月25日，即蘇珊失踪二十二個月後，三名男孩到唐尼造船廠附近去狩獵麝鼠。結果竟在距離「MAR」字母僅一百碼的地方，發現了一個十二英尺深的豎井，通往一個似是地窖的地方。進入窖內後，他們在一個五十五加侖的油桶裡發現了蘇珊的屍骨並報警。其實比爾先前曾搜查過這個地窖，但因為裡面滿是水而折返，不知是何原因，這三名男孩到達的當天水窖卻再無淹水。

或許是蒼天有眼，要蘇珊重見天日吧！

1978年5月6日，鄧普西被捕並被指控謀殺，警方知道比爾曾經棒打鴛鴦，但鄧普西與蘇珊卻藕斷絲連，認為鄧普西在蘇珊失蹤後的反應並不尋常，例如先否認自己見過蘇珊，後來又暗示她去了佛羅裡達或芝加哥等，十分不合理。而到1977年4月，鄧普西搬到了伊利諾伊州與父親一起生活，疑似畏罪潛逃，認為他十分有嫌疑，拘捕他後以他為核心作進一步調查（終於肯行動了）。

其後，警方發現鄧普西曾向一位朋友和一位表親承認他勒死了蘇珊。

鄧普西之所以將蘇珊引誘到造船廠並殺害她，主要是因為他不想結束他們的關係。

最終，鄧普西被判二級謀殺罪，被判處二十二年至終身監禁。

心水清的讀者可能就會知道，結果多羅西在追查的過程中可說沒有真的幫上忙，最後能破案都不過是因為一次偶然的機會，有人發現了蘇珊的屍體。

然而，據比爾所述，他在發現蘇珊的地方，看到了兩座教堂尖塔、兩個煙囪、被遺棄的汽車、巴約訥大橋、一座鐵路橋，以及寫有字母「MAR」的岩石。而蘇珊被發現在一個油桶裡，這可以解釋多羅西提到的油味。

除非多羅西是幫兇或目擊者，要不然她沒可能可以掌握到那麼多資訊，可見她並非無的放矢。

2000年，鄧普西獲得假釋資格。但他的獲釋申請曾多次被拒絕，因為當局認為他太危險，無法獲釋。他雖然曾寫信給蘇珊的家人道歉，但並未獲得原諒，蘇珊的家人多次要求假釋委員會將他繼續關押。

2016年8月，假釋委員會裁定鄧普西可獲得假釋，但條件是將他驅逐回祖國英國。

到2018年1月23日，服刑三十八年後，已五十六歲的鄧普西獲得假釋並被驅逐回倫敦。

2018年10月，有人發現鄧普西以「Dempsey Lewis」的名字加入了一個線上約會網站。一名女子聲稱，她在劍橋的一次快速約會活動中遇到了鄧普西，但對他不感興趣。然而，儘管她沒有給對方自己的電話號碼，但她之後還是收到了鄧普西發來的幾條「調情」訊息。

在接下來的幾個星期，鄧普西給這名女子發了幾條訊息，但她並無回覆。其中一條訊息中，鄧普西問女子會否想和他找個荒無人煙的地方玩玩，令女子感到惴惴不安。其後，她在報紙上看到有關鄧普西的報道時，她才意識到他的真實身份並聯繫了警察，但警察說他們無能為力，因為這樣的「調情」並不犯法，雖然這不禁讓人思考鄧普西是否死性不改。

你又覺得鄧普西到底想約那名女子到偏僻地方做些什麼呢？

# 星座殺手模仿犯
# 打妹露底洩行蹤

提起「星座殺手（Zodiac Killer）」，奇案迷可能已經立即腦補，腦海中出現了一幅眼鏡男子的畫像，以及密密麻麻的暗號，想起那宗發生在六十年代，總共造成五人死亡兩人受傷的連環謀殺懸案。雖然近年兇手留下的一組密碼被破解，可惜未能幫助破案。

一般人對於連環謀殺犯都深惡痛絕，但有些心理變態者則會視之為偶像，還會模仿起來，以下提到的「紐約星座殺手」就是一例。

他決心要殺死十二個來自不同星座的人，第一次行動，是在1990年的3月8日凌晨，被害者是當時四十九歲，自幼行動不便的馬里奧（Mario Orosco）。馬里奧剛下班打算回家，正一拐一拐的走在紐約街頭，想要通過治安極差的布魯克林區，該地區以販毒聞名，是很多不同幫派盤踞的地方。

馬里奧並不知道自己被一名戴著栗色貝雷帽的青年跟

蹤，就這樣走著走著，來在一個十字路口，青年突然從後向他開鎗，然後迅速逃去。

馬里奧中鎗倒地，被送往醫院搶救後幸運地存活下來。

警方將擊中馬里奧的子彈拿去檢測，發上子彈上並沒有留下一般手鎗射出子彈後在其上面留下的陰陽線，推測行兇者是用了自製手鎗，亦因此威力不大，是以未能致馬里奧於死地。

順帶一提，馬里奧是天蠍座的。

二十一日後，亦即1990年3月29日凌晨，三十四歲的傑曼（Jermaine Montenesdro）在酒吧作樂離開後，跟馬里奧一樣，獨自走在布魯克林區街頭，在他思量著要到女友家還是回父親家時，亦跟馬里奧一樣突然被不認識的青年開鎗擊中。

這一次，青年並未立即離開，而是從傑曼身上搜出銀包，卻沒有拿裡面的錢，反而拿走了傑曼的身份證明文件後才逃之夭夭。

幸運的是，傑曼和馬里奧一樣只傷不死，警方調查發現，擊中他的子彈同樣來自自製手鎗。

傑曼和馬里奧受襲的地點很近，但礙於布魯克林區治安太差，經常有鎗擊事件發生（這亦是很多人對美國的印象），警方竟沒有將兩件鎗擊案連繫起來……

傑曼是雙子座的。

1990年5月30日凌晨，二戰老兵約瑟夫（Joseph Proce）因失眠而到街上散步，一名男子接近他並開始搭訕，一直跟著約瑟夫到他家門前，並再三要求Joseph倒杯水給他，約瑟夫不好意思推辭，沒料到把水交給對方後，換來的不是一聲謝謝，而是一發子彈。

「呯」的一聲，約瑟夫應聲倒地，被送院搶救後一度清醒，警方於是向他做筆錄，但年邁的約瑟夫記憶力衰退，加上被突如其來的鎗擊造成混亂，對兇手外表的描述每次都不同，有時說看上去是非洲裔、有時說是西班牙裔、更有說是亞裔，說了大半天也說不清，最終還因傷在三星期後逝世。

約瑟夫是金牛座。

同一時間，紐約郵報收到了一封信，信中記述了幾宗鎗擊案的細節，例如地點、時間和受害人的星座，信中還畫有一個圓形中加上十字的符號，以及一些星座圖案。

媒體公開報導了此事，使得紐約市人心惶惶，都在談論行兇者會否與二十多年前「真正」的星座殺手有關，因為該行兇者一樣在連環殺人後留低了信件。

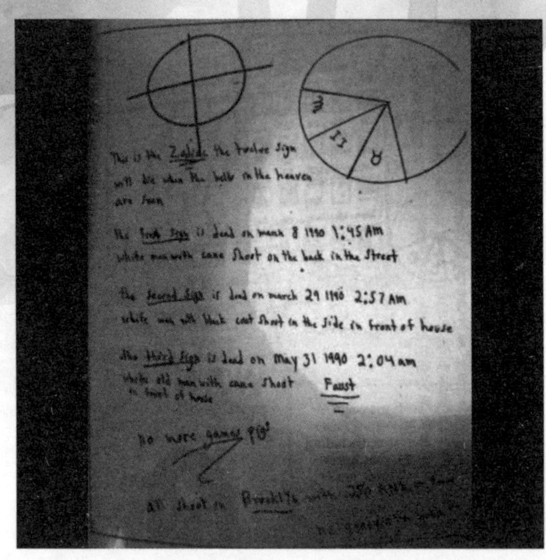

This is the Zodiac the twelve sign
will die when the belt in the heaven
are seen

the first sign is dead on march 8 1990 1:45 AM
white man with cane shoot on the back in the street

the second sign is dead on march 29 1990 2:57 AM
white man with black coat shoot in the side in front of house

the third sign is dead on may 31 1990 2:04 am
white old man with cane shoot in front of house

Faust

no more games

All shoot in Brooklyn

信中畫有一個圓形加上十字符號，及一些星座圖案。

然而，警方在分析兩者的信件後，認為兩名行兇者是不同的人。而警方亦留意到，兇手在寄出的信中提到，唯一能阻止他繼續行兇的就只有當獵戶座和七姊妹星團同時出現在夜空之時。

警方立即請來天文學專家詢問，什麼時候兩組星會同時消失？因為他們推測那很可能是兇手再次犯案的時候。

天文學專家回覆是六月十九日。

當晚，警方調動了大量警力在布魯克林區，希望可以將兇手繩之於法。警方的猜測沒錯，兇手的確在當晚再次行動，然而警方卻猜錯了，兇手沒蠢得在同一個地區犯案，換句話說，大批警察不過是守株待兔，不單等不到兇手，反而讓其他地區的警力變得薄弱。

兇手這次選了曼哈頓區。

曼哈頓的中央公園，是不少露宿者的選擇，當中包括了拉里（Larry Parham）。

當晚，拉里正準備以長櫈為床、天為被的時候，一名陌生男子卻走向他，並向他搭訕，說自己身無分文，亦準備在此露宿，然後就走到對面的長櫈上坐，並一直望著拉里。

拉里在心裡或許也感到對方怪怪的，但公園是公眾地方，任何人也可以去，他能在此露宿，對方一樣可以，於是也沒理那麼多，很快就自顧自睡覺，進入夢鄉。

拉里哪會想到，陌生男子會在他熟睡後悄悄走近他，對著熟睡的他開鎗，並留下了一張字條。

算是不幸中的大幸，巨蟹座的拉里被送院搶救後活了下來，由於他曾跟兇手聊天，算是最直接見過兇手真面目的人，於是警方就問他兇手到底是什麼人？

拉里說兇手應該是非洲裔，還幫忙做了個黑人相貌的拼圖，身高則約一米八，體重約八十公斤，算是蠻壯碩的。

## 摸清作案模式

警方雖然這次追捕失敗，但既已摸清了兇手的作案模式，接下來就更易制定相應策略。警方經天文學家的協助下再次推出兇手下一個可能犯案的日期是七月十二日，汲取過上一次的經驗，這一次警方在布魯克林區和曼哈頓區都佈置了大量警力。但學精了的似乎不單止警察，兇手也學精了，並未貿然出手，警方依舊撲了個空，完全拿這名兇手沒法。

警方嘗試從兇手留下的字條找線索，這次終於找到一枚兇手不慎留下的指摸，可惜輸入資料庫後，並沒有找到吻合的罪犯。

正如先前的案件提到，當警察循正規方法找不到線索時，很多時就會尋求一些另類幫忙，這次他們找上了靈媒諾琳・雷尼爾（Noreen Renier）。

諾琳第一件事要求的是請警方盡量不要提供任何與案件有關的訊息，這與很多其他靈媒的做法相似，是為了撇除主觀因素。然後，諾琳會要求警方提供兇徒或與肇事人有關的物件，甚或重臨案發現場，她聲稱這樣能捕捉到他們遺留下來的能量，因而進行靈視。

諾琳看到了黃道十二宮，並且聽到了行兇者的聲音，她並沒有聽得很清楚，因為對方的口音很重，似是外來人。然後，諾琳甚至聽到行兇者的名字，應該是Eddie，但她聽得沒有很清楚，認為很大機會是Eddie，又或者Edward，是一個E字開頭的名字。諾琳還看到行兇者躲在一間磚砌的公寓，還看到他與警察對峙，而他所用的武器，並不是一般的手鎗，而是有些「奇怪」的，像用一些管子和木頭拼湊起來。

這一點的確引起警方的注意，因為兇手用的是自製手鎗一事並未公佈，但諾林竟然「看」得出來。

可惜的是警方未有採信諾琳的情報，因為在其中一個癥結上諾琳的情報與警方所持的資料有重大出入。

諾琳說她「見」到的兇手是拉丁裔的，但警方綜合了被害者和目擊者的線報，認為兇手應該是非洲裔的，也畫成了畫像，跟諾林形容的相差甚遠。

到底是諾琳還是警方正確，雙方各執一詞也不會有答案，要知道答案的唯一辦法就是要將兇手找出來。

紐約星座殺手沉寂下來足足兩年，到1992年，他終於忍不住要再次下手了。

8月10日晚上，獅子座的派翠茜雅獨自走在高地公園，卻被人開了兩鎗及刺上過百刀而慘死。

1993年6月4日，天秤座的占士（James Weber）被人突然從後鎗擊，送院搶救後生還。

同年7月20日，處女座的約翰（John DiAcone）被近距離鎗擊頭部擊斃。

10月2日，金牛座的黛安（Diane Ballard）被類似手法鎗擊，導致半邊身癱瘓，這次亦是唯一一次被害者的星座與先前有重複。

兇手已經對過十二宮中過半的星座出手了，難道真的要等到他完成十二道創舉嗎？

警方當然不依，卻又苦無辦法，警方之所以那麼難拿下的其中一個原因是兇手的隨機殺人手法，兇手跟被害者並不認識，只以星座來判斷是否該殺，這令追查有一定難度。

兇手在這時卻來個火上加油，再一次寄信到電視台，並自以為是的留下密碼，其後被成功破解為「一切都在我掌握之中，為將會有更多受害人做好準備」，這無疑是一大挑釁。但這次兇手真是一時得意，卻粗心大意，竟然用了口水來黏信封口和貼郵票，被警方成功提取到他的DNA，為破案埋下伏線。

之後的兩年，兇手又暫時停止下殺手，直到1996年的6

月18日，一宗看似跟先前紐約星座殺手毫無關係的鎗擊案發生了。

警方接報在有著磚牆外觀的公寓內有人開鎗並劫持人質，持鎗者的名字叫埃里貝托（Heriberto Seda）。

埃里貝托當時二十九歲，是一名拉丁裔青年，他脅持的是其妹的男友，導火線是該男子是名毒販，埃里貝托不想自己的妹妹與毒販一起，因而大吵一架，還開鎗打中了妹妹的臀部。

埃里貝托（Heriberto Seda）
（Photo: AP Photo/Luiz C. Ribeiro）

警方與埃里貝托談判了幾個小時，結果埃里貝托投降，警方把他拘捕並在他的屋內搜出了十三柄自製手鎗。那時的埃里貝托肯棄械投降，大概以為自己頂多只會被告脅持人質和私藏武器等罪吧！

其實當時警方也還未知道埃里貝托的真正身份，只是循一般程序跟他落口供，請他寫下事發經過。奇就奇在，埃里貝托在口供紙上的簽名欄旁，畫了一個奇怪的符號——一個圓型，加上貫穿它的十字。

負責的警員看著覺得眼熟，但一時間也想不起來在哪裡見過，就直接問埃里貝托符號的意思。

埃里貝托說自己是虔誠信徒，那是跟神有關的符號。

但警員不是這麼認為，眼見埃里貝托的字跡亦很眼熟，想著想著竟想起了紐約星座殺手的信件，與埃里貝托所寫的極之吻合，於是就拿去比對指紋、以及DNA和筆跡鑑定，證實埃里貝托和紐約星座殺手是同一人。

這大大出乎警方意料之外，從沒想過一直苦苦追尋的兇手，會在處理一宗家庭糾紛時成功逮捕，因為照他們之前的方向只怕永遠也沒辦法抓到兇手，只要你看看以下的圖片就會知道，左邊是警方的拼圖，而右邊是兇手真實的樣子，真是差了不只十萬八千里⋯⋯

警方在埃里貝托的家中搜出大量軍事書籍，當中亦有教人自製手鎗的方法。埃里貝托是個軍事迷，自幼希望成為軍人，曾報名參加陸軍特戰隊但失敗，從此性情大變，形成反社會人格。

說回靈媒諾琳提供的情報，說兇手的名字是E開頭，心水清的讀者大概一早就發現兇手Heriberto Seda的名字並無以E開頭。

所以，是諾琳失準了嗎？

說出來你或許不信，兇手的真名裡雖然沒有以E開頭，但他的家人和朋友一般都叫他Eddie，與諾琳當初說出她聽到的第一個名字一模一樣，分毫不差。而且他躲藏的公寓亦與諾琳描述的甚為相似，他亦正好是拉丁裔的。若說出一兩個共通點可能是巧合，但說出三個以上看來就有點真本領，只可惜當日諾琳提供出如此精確的情報，警方都未能加以利用來破案，讓兇手能夠繼續多殺幾人。

那麼，警方真的一直離真相那麼遠嗎？真的一直無法抓住兇手的一鱗半爪嗎？

不，其實警方曾經逮捕過埃里貝托，不過不是以謀殺罪，而是以私藏槍械之名。當時警方雖然不知道他就是惡名昭彰的紐約星座殺手，但也替他套了指模，而且也把他的自製鎗送檢，卻毫無來由地未能發現他就是紐約星座殺手，還認為他的自製手鎗並不能成功發射而將他釋放，眼白白錯失了逮捕他的最佳機會，讓他多殺了幾人。

最終，埃里貝托被判了二百三十二年監禁，餘生都得在監牢裡度過。

布魯克林區的市民亦再也不用怕將自己的星座告知其他人了。

有人問過埃里貝托既然不認識被害人，如何得悉對方的星座？

埃里貝托解釋說自己根本隨機找人下手，碰巧他們都不同星座罷了。

# 靈媒探案如數家珍
# 頑固幹探嘖嘖稱奇

之前提到的靈媒能講出幾個理應沒人知道的案件關鍵已經夠厲害了，如果跟你說有一位靈媒能將謀殺案的真相如數家珍，最終警方親自核對，竟然有上百項匹配的記錄，你又信不信呢？

事發於1983年6月11日，在英國倫敦西部的瑞斯利普，當地是一個寧靜的郊區小鎮，但該地區偶有小型犯罪事件發生。

當晚十一時，廿五歲的酒吧女服務生積琪蓮（統稱「Jackie Poole」，但她的全名是「Jacqueline Ann Poole」）下班後，選擇步行回家，因為當晚天清氣朗，酒吧與她家的距離亦只有一英哩遠，當時曾有住在附近的居民見到她正走在路上，之後就再無人能聯絡上她了。

四十八小時後，積琪蓮的朋友和同事發現她失聯已久，又無故曠工，認為她可能遇險，於是報警。

幾乎同一時間，一名聲稱自己是積琪蓮男友父親的男子登門造訪，敲門良久無人應門，於是就問積琪蓮的鄰居借電話報警，並偕到場警員一起破門而入。

積琪蓮被發現面朝下的躺在地上，由於她的褲和內褲被扯下，懷疑她曾被性侵，而家中的門窗完好，沒有爆破痕跡，警方初步懷疑是熟人所為。進一步檢查後發現，積琪蓮身上的飾物被搜掠一空，家中的錢財亦被掠去，未知是劫財為本見色起心，還是其他動機。初步推斷積琪蓮已死亡四十八小時，亦即當日下班回家後不久即遇不測。

由於懷疑是與死者相熟的人士下手的，警方決定先相約積琪蓮的親朋戚友、同事、甚至是酒吧的熟客相談，總人數多達七十人。亦有通過報章報導此案，這是因為積琪蓮的首飾被盜，兇手有可能會拿去變賣，希望相關人士留意到新聞後，如有發現可以通知警方。。

可惜的是，警方並未得到什麼有用的線報，連個嫌疑人都沒有找到。

就在警方茫無頭緒之時，靈媒克莉絲汀（Christine Holohan）卻迎來一段奇遇。

一切都那麼突如其來。

克莉絲汀並不認識積琪蓮，只是從報章上讀到有關她的事，卻就這樣搭通了靈通天地線，克莉絲汀見到了積琪蓮的鬼魂。

最初，克莉絲汀並不知道見到的是積琪蓮，感覺對方是奇怪的女人，但明顯是衝著她來，想起自己看到的報導，於是鼓起勇氣問對方是否Jackie Poole，但對方說不是，說自己是Jackie Hunt。

克莉絲汀覺得有點奇怪，因為名字對不上，但又有點相像，於是問對方到底跟Jackie Poole有什麼關係？為什麼會找上門來？

鬼魂就因為知道克莉絲汀會幫得上忙，它知道Jackie Poole是怎樣被殺死的、以及是誰殺她的。

令人沒想到的是，最初克莉絲汀是拒絕幫忙的，並不是說她鐵石心腸，而是因為她十分冷靜。她明確告訴鬼魂說這是無濟於事的，縱使鬼魂所說的句句屬實都好，她這樣平白走進警局將真相告知負責的探員，只會淪為被說是神經病的笑話。沒有一點實質證據的話，根本沒有人會信她。

鬼魂決定先讓克莉絲汀親自重溫一次當晚的情景，接下來克莉絲汀竟似被騎劫了意識一般，回到了當晚積琪蓮的公寓，重頭到尾目睹一切，令她心膽俱寒之餘，亦令她下定決心，就算會被以為是瘋子也要將真相告之警方。而且她有一種感覺，這件事不解決的話，那鬼魂就會一直跟著她，在她耳邊一直叫著：「打電話給警察吧！」

克莉絲汀拿起了電話筒。

一般來說，警方在調查兇殺案時都會忙得不可開交，對這種靈媒電話只會不屑一顧，但當時負責此案的探員東尼（Tony Lundy）是真的茫無頭緒，結果真的派了兩名警員安德魯（Andrew Smith）和托尼（Tony Batters）去與克莉絲汀會面。

克莉絲汀不知道的是，這位托尼正是當天第一個進入兇案現場的警員。

托尼沒想到這次與克莉絲汀見面，會大大地改變了他。

身為第一個到達兇案現場的警員，他有自信比誰都清楚現場的第一手狀況，例如書桌怎樣傾倒、哪裡的玻璃破了、屋內的擺設、甚至氣味等等，他都瞭若指掌。但在跟克莉絲汀見面後，他動搖了，眼前這個看似與事件完全無關的靈媒，好像比他更清楚現場的一切。

托尼不想承認，但他的妻子將他形容為一名頑固的懷疑論者，要說服他可不是一件易事。

托尼這次亦陷進了天人交戰，他的理性和身份大抵不讓他承認什麼鬼魂找靈媒傳話的事，但直覺卻告訴他一切都是真的，反正他也沒法解釋眼前的事，因為克莉絲汀連很多警方沒有公佈的資料也說得出來，例如死者被掠去大量首飾，但手上有兩枚戒指卻因無法除下而保留下來等，這些細節警方從沒公布。

或許，連鬼魂都早就預料到會有此一步，所以將海量的資訊告訴克莉絲汀，讓警方不得不信。

托尼苦苦堅持，但就在他問克莉絲汀那女鬼是否「Jackie Poole」時終於失守，因為克莉絲汀說不，說鬼魂自稱「Jackie Hunt」。其實Jackie Hunt和Jackie Poole是同一人，稱呼都是暱稱，「Hunt」是她母親那邊的姓，同樣是沒有公布過的情報。

接下來，托尼問出最重要的問題：「兇手是怎樣的？」

積琪蓮並沒有直接告訴克莉絲汀兇手是誰，而是通過先前的重播，讓她看到一切，於是克莉絲汀又回想當時的畫面，描述說：「積琪蓮識得兇手，他擁有深色的頭髮和皮膚，金牛座，手臂上有紋身，是一柄劍，一朵玫瑰和一條蛇。」

## 通靈技術

托尼雖未至於對克莉絲汀的話深信不疑，但認為值得參考，於是就請她再給予更多資訊。

這時克莉絲汀提議用一種叫做「Remote writing」的通靈技術，簡單來說就是手會不經人的意志，自動書寫，就像扶乩一樣。

結果，積琪蓮借用克莉絲汀的手寫出了許多人名和與現場有關的線索共一百三十多件事，其後很多都被證實是千真萬確。

而在云云字海之中，包括「Pokie」一字，克莉絲汀能感受到，這個字與別不同，積琪蓮告訴她這是一個人名，一個

自動書寫

暱稱，對此案十分重要。

托尼和他的夥伴也被這個名觸動了神經，再三向克莉絲汀確認是不是說這個Pokie就是兇手？

克莉絲汀首肯後，托尼感到背脊發涼，因為Pokie正是安東尼（Anthony Ruark）的暱稱，他是積琪蓮男友的朋友，與積琪蓮熟絡。

托尼就算疑心多重都好，都再難否定克莉絲汀的本領，問題是要如何說服其他同事去跟著克莉絲汀提供的線索去查案。

可惜的是，警方就算把安東尼當成嫌疑人去調查都好，始終找不到有力證據去拘捕，縱使克莉絲汀已提醒其中一件證物毛衣是破案關鍵，但礙於當時的鑑證技術，尚未能有效利用，讓殺人兇手一直逍遙法外。

直至1998年，警方重啟冷案調查，將那件克莉絲汀提過非常重要的毛衣送去進行最新的鑑證，從沾染的精液上提取到DNA樣本，並送進數據庫。

負責的探員這邊廂才開始重啟，那邊廂就收到克莉絲汀的電話詢問進展，探員禁不住問克莉絲汀：「妳是怎麼知道重啟調查的？」

克莉絲汀說：「因為積琪蓮又跑來找我了。」

不過，冷案並不是立即就破了，就算DNA送進數據庫，但一時仍未有匹配的資料。直至1999年，安東尼因小額盜竊案被採集DNA，送入全國資料庫，最終與先前採集的樣本匹配，警方才正式再次對他展開調查。

調查期間，警方收到一條匿名舉報的線索，促使警方重新調查安東尼的不在場證明，發現多處破綻。

縱使如此，安東尼堅拒不認罪，說積琪蓮是自願和他發生性行為，而他的辯護律師則質疑毛衣上DNA檢驗結果準確度，因為已經事隔十八年，證物可能受到環境影響而變化。猶幸當年克莉絲汀再三叮囑，該毛衣至關重要，證物得以妥善保存，陪審團認為證據可信及充分，最終安東尼一級謀殺罪成，被判終身監禁，最少要二十年後才可以假釋。

事後，克莉絲汀接受訪問時稱，積琪蓮沉冤得雪後就再沒有出現了。

於這次案件中，克莉絲汀提供了一百三十多項細節，有質疑聲音表示她只不過是從不同渠道收集情報，並非真的會通靈。但由於克莉絲汀提供的部份細節警方從未公開，理論上她根本不可能知道，有探員曾公開表示，她的訊息「無可爭議地真實」，只能來自受害者親人，他們雖然身為警務人員亦願意首次公開支持靈媒的調查貢獻。

# 第二章 怪

# 警員報案妻失蹤 過份冷靜露端倪

很多人聽到「靈媒」兩字就會反射性產生反感，認為是不學無術之輩，總覺得是騙人的神棍，其實現實中很多靈媒平常生活跟普通人沒兩樣，都一樣有正職，甚至是專業人士。接下來為大家介紹一位名叫喬治亞（Georgia Rudolph）的靈媒，本職是註冊護士，專責急症，但同時間亦是一名靈媒，而且曾協助警方破案。

1996年9月19日，美國俄亥俄州的報案熱線收到一個電話，報案人稱他的妻子珍妮花失蹤了。一般來說，報案人大多會顯得焦慮急躁又或徬徨無助，但這通電話的報案人語氣平靜，無明顯焦急。不過，報案人的身份或許多少令他能保持冷靜，因為他是一名巡警，就如我以前是一名救護員，若我因為太太出意外而報警，我也會要自己說話時冷靜而清晰（筆者按：大吉利是）。

報案人名叫傑克（Jack D. McCrady II），他聲稱妻子珍妮花（Jennifer L. McCrady）很可能是離家出走，因為她帶走了大部分衣物和三千美元現金，並留下了結婚戒指。

警方記錄在案，但三小時後，傑克再次打電話到報案中心，但這次是取消報案，聲稱已檢查清楚家中狀況，確認妻子是與別人私奔，但未提及她留下兩名幼兒。

但報案銷案可不是兒戲，而且珍妮花也不是只得傑克這個家人，她娘家的人，特別是她父母發現她失蹤後，向警方表示覺得事有蹊蹺，因為珍妮花視兩名分別四歲和一歲的兒子如命根，絕不可能拋下兩人於不顧。事前亦從未聽聞珍妮花訴苦，又或於言談間想要離開，更沒有聽過她有外遇，完全想不到她離家出走的理由。

警方也未有因為傑克簡單幾句就因而銷案，開始著手調查。正如讀者們都知道，一個人無緣無故失蹤，很多時都已經被做掉了，而且動手的很多時都是枕邊人。

傑克也理所當然地被列為嫌疑人，警方對他及他的家展開調查，卻完全找不到可疑之處，例如家裡沒有血跡，傑克身上也沒有奇怪的傷痕，最重要是找不到屍體。當然，世上並非沒有找不到屍體卻能定罪的兇案，但過程將會變得十分麻煩，入罪率亦會大大減低，因為當連血跡都沒有的時候，怎麼證明珍妮花是遇害而不是離家出走呢？

警方亦在俄亥俄河沿岸找到了珍妮花的紅色座駕，車上固然沒有珍妮花的身影、亦沒有血跡、沒有錢包、沒有打架痕跡，就像憑空消失了一樣。

一個人照理說如果仍在生的話總會有生活痕跡，但警方查過珍妮花的銀行記錄和電話記錄皆沒有任何變化，只怕是凶多吉少了。

負責此案的沙展戴夫（Dave Garvey）也感到束手無策，雖然他知道或許會有很多人笑他瘋狂，但他決定為了破案試盡不同方法，包括尋求靈媒協助。

戴夫打了一通電話給喬治亞，對方告訴他，很不幸地，珍妮花已經死了，被鎗殺的。

戴夫追問喬治亞：「兇手是誰？」

喬治亞：「兇手看起來像個警察，體型健碩得像個伐木工人，身高六呎多一點，約兩百磅。」

戴夫感覺喬治亞描述的正是傑克，但刻下最重要的還是要先找出珍妮花的屍體，於是又問喬治亞：「妳知道珍妮花現在在哪裡嗎？」

喬治亞說：「我不能很準確地告訴你，但可以給你一些線索，在小鎮南方，298號公路上，你會看到一條向上的泥石路和油井，珍妮花就被埋葬在那裡，在淺坑中被被單包裹著。」

戴夫雖然半信半疑，但抱著一試無妨的心態，真的開著警車跑了一趟，走在298公路時，果然發現一條已經廢棄，以前用來前往油井的碎石路。戴夫沿路而上，去到警車無法再前進的地方後下車，走了大概一百五十碼左右，真的找到了一個墳頭，土質鬆散，看上去似是剛堆起不久，認為很可能埋的正是珍妮花的屍體，於是要求增援，同時也通知了負責該區的警官謝夫（Jeff Seevers）。

## 發現女屍

由於土坑很淺，挖了不久就已經有所發現，真的是埋了一具女性屍體，被一藍色睡袋包裹著，雖然屍體身份和死因有待進一步確認，但情景與喬治亞描述的可說是如出一轍。

來支援的謝夫第一個想到的問題是問戴夫：「你是怎麼找到這裡來的？」謝夫這個問題也真是合情合理，因為這條路早已廢棄再沒使用，而且天大地大那麼多地方，為什麼偏偏找到這裡？重點是他們並沒有掌握任何線索。

「是一名名叫喬治亞的靈媒告訴我的。」戴夫直認不諱，這或許亦是他唯一的做法，因為實在是難以解釋。

警方迅速封鎖了該區並找來法醫，很快就證實死者就是珍妮花，並真的是被鎗殺，接下來就要查出是誰殺她？怎樣殺她？

一如先前的判斷，嫌疑最大的人就是珍妮花的丈夫——傑克。

警方找來傑克，通知他已經找到了珍妮花的屍體，他卻木無表情，漠不關心，既沒有問怎麼找到，又沒問在哪裡找到，這反常的表現讓探員們更深信他就是真兇。

警方於是申請了搜查令，把傑克的家搜個底朝天，終於在假天花的夾層裡找到疑似用來行兇的手鎗和一些屬於珍妮花的個人物件。

為什麼會說找出來的手鎗是疑似用來行兇，因為他是一柄點三五七口徑的密林手鎗，與射殺珍妮花的子彈口徑一致，但鎗的內膛經過改裝，無法檢測出是否就是用該鎗發射子彈，之後辯方亦利用這點來作抗辯。

幸好，警方還在屋外的一個棚裡找到一把泥鏟，上面沾染的泥土與埋屍坑的泥土一樣，這足以成為另一有力證據，證明是傑克所為。

由於案件沒有目擊證人，傑克與辯護律師認為所有證據都只是間接證據，於是堅決拒不認罪。

不過，陪審團並不買他的帳，最終判他謀殺罪成，判十五年至終身監禁，其後他多次上訴被駁回，2014年時申請假釋亦被拒，如今仍在獄中服刑，一對幼子則由外公外婆撫養。

那麼，到底傑克為什麼要殺死珍妮花呢？

據珍妮花的一位同事聲稱，曾聽過珍妮花訴說想離婚。

警方推斷很可能是兩人在夜間因事爭吵，傑克為爭兩子撫養權而動了殺機，把珍妮花射殺後，用睡袋包起屍體方便搬運，再載到一處他認為絕沒有人會發現，人跡罕至的地方。然後還將妻子的車駛到與藏屍地點相距甚遠而且毫無關聯的地方，希望擾亂警方視線。

傑克又怎會想到瞞得過警方的綫眼，卻瞞不過靈媒的天眼呢！

不過，一如以往，對於靈媒查案總會惹來很多質疑之聲，喬治亞就被質疑只是用了「冷讀術（Cold Reading）」。例如說兇手「像警察」是模糊的陳述，適用於多件嚴重案件，而且死者的丈夫是警察，嫌疑最深。又例如指屍體埋在「298號公路」很可能是基於當地地理知識，油井通道在當地亦十分常見。

要說這些質疑合不合理，又好像有其道理，但筆者就問一句，既然有冷讀術這種技巧，一個普通的護理師如喬治亞都學得會，那麼警隊裡面有那麼多人，為什麼就沒有人懂得冷讀術，把兇嫌找出來？把屍體找出來呢？

# Check this out

很多人都聽過「冷讀術」一詞，但真的知道冷讀術是什麼嗎？

冷讀是指在與陌生人互動時，透過即興分析他們的反應、肢體語言、外貌、語氣等，快速推斷個人訊息，並以模糊或通識的陳述讓對方覺得你「有料到」。

「冷讀」的相對是「熱讀」，冷讀表示完全沒有事先準備，熱讀則是提前採集對方資訊。

那麼，冷讀術有什麼用？誰又會用呢？

正如喬治亞被指用了冷讀術，很多靈媒都會被指用冷讀術來假裝與靈魂溝通，預測未來或揭示過去等。另外，魔術師亦會用「心靈魔術」來娛樂觀眾。 騙徒則會用來騙取信任以謀利。從事銷售的話則可以了解客戶需求，提升說服力。簡單來說，應用很廣泛，但像喬治亞般能提供準確罪案中的線索，筆者認為就有點超出冷讀術的應用範疇了。

冷讀術的核心原理主要有三點，第一，人類傾向於相信與自己相關的資訊（巴納姆效應，Barnum Effect）；第二，模糊陳述，這適用於大多數人，聽者會自動腦補；第三，透過即時回饋（對方點頭、表現焦躁等）調整表達方式。

為什麼靈媒會常被指用了冷讀術呢？

例如一些靈媒經常說的對白：「我感應到你身邊有一個逝去的靈魂，可能是長輩，對你充滿關愛。」而大多數人都有過世的親人，所以很容易信服。

又例如靈媒可能會說：「靈魂告訴我，他有未完成的事，可能與遺囑有關。」適合大部份的往生者，大部份人都覺得死者有憾，才會找上靈媒。

還有靈媒可能會說：「我看到一個與水有關的地方，可能是湖邊、河邊，或者浴室。」其實我們生活中與水有關的地方比我們想像的多，這說法範圍極之廣泛，很容易就能匹配起來。

有些則是看準你的反應調整說法，例如對你說：「這個靈魂與數字有關，可能是生日或紀念日。」若你回答：「我父親三月生日。」對方就會打蛇隨棍上，說：「對，他提到三月。」

出色的說話技巧，甚至能讓人主動提供情報而不自覺，例如問你：「你最近有沒有夢到某個地方，比如老房子？」如果你說：「有，是我爺爺的房子。」對方就會說：「對，我看到那棟房子了！」

諸如此類的技巧可說是多不勝數，但的確有些神棍用來騙人，但筆者絕不會說所有靈媒都是用了冷讀術的騙子，筆者深信筆下寫過的靈媒都擁有真材實料，他們所提供的情報都並非單純用冷讀術三隻字可以解釋到的。

筆者先前就親自遇過一個靈媒，能說出她根本不可能知道的事，例如死者家中櫃內第幾格放了什麼，除了神通之外根本找不出一個合理答案。如果想知道更多我過去提及過的靈異故事，記得買我同樣在筆求人出版的著作《跨鬼界——馬菲的靈異世界》來看啊！

# 外表和善狗舍老闆
# 口蜜腹劍連環殺人

這故事裡的犬舍雖然有非洲二字，但案件發生在日本，與非洲無關。

這故事我知道很久了，但一直無法下筆，感覺有些難寫。

筆者曾不下一次提過，寫奇案之難，難在如何表達。案情早就定好，資料搜集是基本，問題是如何將之呈現在讀者眼前？如何切入？如何鋪排？

這次談到的個案，要說它靈異，又好似不怎麼靈異，至少裡頭沒有鬼出現。但奇就奇在，這案彷彿能體現出神明的存在以及對命運的主宰，而這些竟是來自兇手的想法。

事發在1993年，此案的主人公名叫關根元，開了一間名叫「非洲犬舍」的狗場，從事犬隻養殖。

關根元早在八十年代就開展生意，專門引入當時在日本還未流行的大型犬隻，由於當時日本經濟起飛，國民多了

經濟不景氣，犬舍經營艱難。

閒錢養寵物，大型犬隻成了新寵兒，讓關根元賺了不少錢，而且在業界中頗有名氣。但隨著日本的泡沫經濟爆破，關根元的生意一落千丈，關根元表面裝作風光，暗地卻是欠債纍纍，為了籌措金錢無所不用其極。

關根元有一名熟客，叫做川崎昭男，是當地一間工業廢棄物處理公司的董事，十分喜歡飼養大型犬隻，經朋友介紹後到關根元的非洲犬舍看狗，兩人一見如故，無所不談。某次，關根元在言談間知道川崎想開拓新業務，於是便鼓其三寸不爛之舌，力說他加入犬隻養殖行列，還指自己可從特殊渠道引入羅德西亞脊背犬，力邀川崎投資。

川崎聽得心動，但聽關根元說到買一對回來配種就要高達一千萬日圓，在當時來說可算上是一筆很高的花費，因而猶豫不決。

關根元見川崎沒有立時拒絕，知道機會難逢，遂打蛇隨棍上，說能夠給川崎一個友情價，最終成功游說對方投資。

關根元收錢後從狗場拖出一條雌犬給川崎，說這就是羅德西亞脊背犬，還另有一頭公的要過幾天才到，之後再交付。

川崎把狗帶回之後，總覺得哪裡不妥，於是就帶牠給另一個很懂狗的朋友做鑑定，這才知道自己被騙，關根元給他的根本不是什麼羅德西亞脊背犬，而是一隻普通的大型犬，而且已經上了年紀，失去繁殖能力。

川崎要求關根元把錢退回，但錢會還你就不叫騙了吧？

關根元嘴巴上答應還錢，卻又不斷找不同藉口一直拖延，大抵在那時候心裡面已經有邪惡的念頭在萌生了。

直至1993年4月20日，關根元主動打電話給川崎，先說聲抱歉，然後說自己幾經辛苦終於籌到錢要還他。

債仔會主動聯絡債主，必然有詐，我以為這是誰都知道的大道理，但川崎竟不虞有詐，簡單跟家人交代一聲後便應約赴會，從此人間蒸發。

川崎的家人報案，警方介入調查，自然把關根元視為嫌犯，於是就上門找他調查。

關根元夫婦對當晚曾與川崎見面一事直認不諱，但堅稱當晚川崎自行離開，並不知道他後來哪裡去了。

警方簡單察看了關根元家中的情況，並未有重大發現，加上並未找回川崎，也就沒什麼可以做到，只好先行離開。

十日後，警方在東京的八重洲某地下停車場找到了川崎開的汽車。表面看來他當日真的從關根元在琦玉的住所離開，駕車到別的地方，但他的家人從未聽說過他在東京有任何業務，沒人知道他到東京做什麼，而且找到的只是他的車，依然未見人影。

川崎的家人深信川崎的失蹤必定與關根元有關，礙於警方查無實證，他們只好借助媒體力量，提供一些有關關根元的內幕，引起關注。原來關根元已經不是第一次與客人起糾紛，由於他早已欠債纍纍，所謂經營犬舍，不過藉此偷呃拐騙，像對川崎這樣高價賣出普通犬隻不過是尋常事。關根元甚至會潛入客戶家中把賣出的狗偷回，作第二次販賣。偷狗不成就會把狗毒殺，希望狗主會再次買新狗等。總而言之，為了賺錢，無所不用其極。

關根元被爆料後被媒體注意，結果不勝其煩，於是在五月中旬約見川崎家人，希望平息事件。而他平息事的方法，就是以大壓小，找來黑道人士，當地稻川會暴力團的代理組長——遠藤安亙當保鑣。

遠藤是個臭名遠播的人物，卻又真的為關根元擺平了不少紛爭，這次也不例外，自從他出面後，外界的聲音立即收斂了很多。

正當所有人都以為這事會不了了之時，峰迴路轉的情況在兩個月後猝然發生，當日為關根元站台的遠藤安亙失蹤了。

事有「湊巧」，遠藤失蹤前同樣曾與關根元夫婦見面。

一個月後，在附近的行田市又另有一名主婦關口光江失蹤，她竟然亦和關根元有點淵源，據報她的二兒子在非洲犬舍打工，兩人因此稔熟，更暗地發展成不倫的地下情人。

關口本身也是愛狗人士，曾斥資九百萬日元向關根元買入六隻阿拉斯加雪橇犬。關根元於是經常向她落嘴頭，遊說她投資犬舍，明明是蝕錢的生意卻被他說成有利可圖，結果關口真的拿出了二百七十萬來入股，不久之後就人間蒸發了。

跟關根元有聯繫的三個人都先後失蹤，就算是傻的也會知道事情與關根元脫不了關係吧？但就算警方把他列為主要嫌疑人，監視了他長達半年之久，依然未能掌握任何關鍵證據。由於此案早已成為當地茶餘飯後的話題，警方的破案壓力也越來越高。

既然從關根元夫婦身上找不到證據，何不試試從他們身邊的人著手呢？

於是，警方盯上了犬舍的一名員工——山崎永幸。

## 舉止怪異

山崎本身也從事犬隻養殖，並在一次犬隻展上認識關根元，並開始向山崎講述自己的經營理念。由於關根元在業界內頗有名氣，他言詞間又隱有要提攜山崎的味道，頗得山崎敬重，於是兩人便互相交換聯絡方式。

與會後，山崎不時前往非洲犬舍探訪，順道觀摩學習。

關根元順勢招他加盟，請他當執行董事，山崎喜獲青睞，馬上答應，豈料上任之後才知道自己根本不是什麼執行董事，關根元只當他是一個普通員工使喚。

警方轉為監視山崎後，發現他的一些行為舉止十分怪異，認為他就算沒有參與，都肯定知道一些內情。可是警方找他問話幾次，他都閉口不言。警方認為從他選擇不說，而不是推說不知道這態度看來，更能反證他們的推斷沒錯，但為怕打草驚蛇，也就不敢迫得太緊，只好繼續暗中觀察。

過了一段時間，山崎交了女友，並賦同居，沒多久就結婚了。

警方發現山崎太太是一名建築公司員工，竟涉嫌挪用公款而受查，警方竟視之為契機，以此來向山崎施加壓力，希望迫使山崎供出失蹤人士的下落。

但山崎並未妥協，反而選擇與太太逃亡，這顯然是個不理性的選擇。最後，在某次預約就醫時，落在警方早就佈下的包圍網，最後山崎雖突破重圍成功逃脫，但他的妻子就沒那麼好運，終於被警方逮捕。

山崎總算還有點人性，擔心妻子安危，不願獨善其身，於是主動聯絡警方，表示希望以保釋太太為條件和警方合作。

警方權衡過後，達成協議，事件才真正迎來重大轉折。

山崎承認知道失蹤案的內情，據稱關根元早就欠債纍纍，無力償還，騙去川崎的錢後早就用來還債，但川崎又不斷催還，令關根元不勝其擾，便鐵了心要除去他，於是就假裝還錢，實際上是邀川崎赴死亡之約。

關根元下手當晚約了川崎在熊谷市見面，事前問他當獸醫朋友借來足以毒死五十人份的毒藥，全都加在一瓶營養飲料中並遞給川崎，川崎竟真的飲了，結果當然是一命嗚呼。

為什麼山崎會知？正是他載關根元夫婦到見面地點的，而且關根元還要脅他幫忙處理屍體，要不然連他都殺掉，於是山崎開車把屍體運回自己用貨櫃箱組成的家裡，夫婦兩人則把川崎的車開得遠遠的，製造假像。之後，兩人再去山崎家會合，然後一同毀屍滅跡，忙到半夜。

後來，川崎的失蹤案鬧大了，關根元找來黑道人物遠藤幫忙擺平。遠藤在黑道打滾多年，閱人無數，多少嗅得出犯罪的味道，他表面上幫關根元的手，暗裡卻早知事有蹊蹺，遂向關根元勒索。

關根元礙於對方身份，加上自己的確「身有屎」，唯有乖乖獻上鈔票。但關根元本來就欠債纍纍，現在還要被人勒索，根本不勝重擔，但當時仍未起殺機，直至遠藤打犬舍主意，說要獲得土地和建築所有權，關根元始忍無可忍，起了殺機。

關根元依樣畫葫蘆，帶備滲藥的營養飲料登門造訪，成功將遠藤和他的司機毒殺，然後同樣在山崎的協助下毀屍滅跡。

相信讀者亦已猜到，關根元的地下情人，失蹤的關口光江亦是同一遭遇。

山崎一再強調，自己只是協助處理屍體，並無參與殺人，刻下願意與警方合作，可以帶警方到棄屍地點，尋找證物。

結果，警方在山崎的帶領下真的找回部份屍骨及遺物，證實了死者身份，控告兩人謀殺，由於證據確鑿，關根元夫婦自知難以狡辯，最終亦承認了殺人，兩人均被判死刑。

協助處理屍體的員工山崎永幸則被判三年有期徒刑。

案件看似告一段落，案情雖略帶曲折，但不算駭人聽聞，為什麼案件卻會那麼有名？筆者為什麼會將它收錄書中呢？

筆者先問你一個問題，你認為關根元所殺的人真的只有上文提到的四人那麼少嗎？一個視人命如草芥，視錢財如命根的人，加上他欠債纍纍，經常有債主臨門，還有黑道威迫下，他真的只殺了四人嗎？

警方追查發現，事發前幾年，熊谷市的失蹤個案有增無減，很多到最後都無法尋回，但由於證據不足，無法證實與關根元有關。

既然如此，又為什麼會懷疑起他呢？

因為關根元確實曾對陌生人下毒手，而且不只一次，只是那人幸得佛祖庇佑，倖存下來，那人就是後來在東京蓮久寺當上住持的三木大雲。

三木大雲年輕時曾在琦玉縣修行，他居住的宿舍正好在非洲犬舍附近。

三木雖然是去修行，但年少的他仍舊童心未泯，偶爾還是會貪玩，覺得修行枯燥乏味。有天，他發現附近有一間非洲犬舍，裡頭養了許多大型犬隻，剛巧他也是愛狗之人，於是經常隔著圍欄與狗耍樂。直至有一次三木見到犬舍裡頭有一男子正與狗狗們玩耍，當他試圖拿出相機拍攝時，被男子喝止，這男子正是關根元。

兩人對話後，關根元聽到三木的口音不似本地人，遂問他從哪裡來，得知他從關西來後，態度變得和藹可親，表示自己和關西有點淵源，遂熱情地邀請三木入內和他暢談。雖說關根元也講起關西腔，亦提起有些關西的話題，但聽在三木耳裡卻覺得有點奇怪，不過就沒有深究下去。

兩人傾得熱絡之際，關根元盡顯好客之道，突然拿出幾罐咖啡，說要請三木喝。

三木見盛情難卻，隨手拿了一罐，喝過之後就想告辭，但關根元卻叫住了他，問他有無興趣在犬舍打工，並給出很好的報酬。

三木雖然心動，但也不敢胡亂應允，只推說自己是來修行的，要先問師父。

三木回去後真有就此事問他師父，師父當然不許，怕誤他修行，還要他寫悔過書。

事後，三木又去非洲犬舍，向關根元說明原委，推卻打工的邀請。

關根元表示明白，然後又拿出幾罐咖啡，說請三木喝。

三木又隨手拿了一罐，喝罷告辭，相安無事。

三木被師父責備過後，不敢再玩物喪志，為了專心修行，就沒有再去非洲犬舍玩了，直至修行完畢，即將離開，覺得禮貌上要向關根元道別，才再次去到非洲犬舍。

關根元再次拿出幾罐咖啡作為餞別禮，三木依然是拿了其中一罐來喝，跟之前一樣也是喝完之後就告辭。但這一次，關根元叫住了他，再次遞上一罐咖啡，說請三木在回程途上喝。

三木想了想還是婉拒了。

自始，兩人就再無聯繫，三木亦逐漸淡忘了此事。

直至多年以後，關根元被捕，有人告訴三木原來關根元是個連環殺人犯。三木知道之後深感慶幸，若自己當日真的到非洲犬舍打工，只怕很可能會同樣慘遭毒手。

然而，事實上縱使三木沒有到非洲犬舍打工，也差一點命喪關根元手裡，幸得佛祖保佑才倖免於難。

以為這是三木的感悟嗎？不，這可是關根元的感悟。

話說，在關根元已經入罪坐監之後，有教誨師在獄中與關根元交談，關根元表示自己雖然殺了很多人，但他相信有神佛的存在。

教誨師聽罷問他：「你是因為自己被判死刑所以有此感悟嗎？」

關根元說不是，不是這樣的，他娓娓講起了一件往事。

跟三木不同，關根元記得三木這個小僧，還記得曾向他下毒，而且不只一次，而是三次。原來關根元每次請客的幾罐咖啡裡頭，除一罐外全都滲入和他毒殺川崎等人時一樣的劇毒，不知就裡的三木卻每次都恰巧選中無毒的那罐。

到三木告別那天，關根元大抵不信毒他不死，更直接遞上劇毒咖啡讓三木在回程時飲用，卻被三木婉拒，令關根元感歎三木該有佛祖保護，才終於放棄殺死他。

三木得知真相後感到極度害怕，認為自己「距離死亡只有一厘米」。他回憶關根元外表和善、談吐親切，完全看不出是連續殺人犯，這種反差讓他更加震驚。這亦令我們明白為什麼那麼多人會被關根元欺騙，結果死在他手上了。

# 為與愛人共連理
# 殺妻取卵騙保金

我不是以「食字」為創作中心的人，但用「殺妻取卵」這四字來形容以下案件確是貼切不過。

咦？等等，看奇案猶如看電影，一來就劇透的話不是會影響觀賞感受嗎？不怕，至少這單案並不用操心，因為劇情峰迴路轉，怪奇十足，引人入勝。

讀者們有沒有發現，謀殺案、尤其是外國的謀殺案，很多是自編自導自演的，都喜歡用強盜入屋作藍本，認為這樣合情合理，解釋得通。其實不過是一廂情願的想法，我身為作家，這樣的橋段都棄而不用。

賊匪一般都只是求財，其實如無必要，真的不會犯險殺人。

你可能會說：「不是啊！可能剛巧被屋主見到、甚至認出，才會殺人滅口。」

當然，有些個案的確是這樣，但比例上是少數，更多的是一旦被發現就馬上逃跑，賊匪大部分都是膽小鬼，沒有殺人的膽量。

2018年5月14日，英國，米杜士堡。

晚上，警局收到一通報案電話，一名男子報警，聲稱回家後發現家中妻子被強盜入屋殺死。

報案人米迪殊（Mitesh Patel）是一名藥劑師，三十七歲，印度裔，警方到場後一再向警方強調，肯定是強盜入屋搶劫時將妻子殺害。

為什麼米迪殊這麼肯定？

警員入屋調查，發現米迪殊的妻子謝茜嘉（Jessica Patel）倒臥在睡房內，手腳被綁，頸部有被勒痕跡，經已死亡。警方發現屋內雖有被翻箱倒櫃的表象，看似一片狼藉，卻沒有什麼財物損失，看上去並不似強盜入屋搶劫案，倒似蓄意謀殺後故佈疑陣。

當然，警方未能單憑這微末的證據就判斷是劫殺還是兇殺。由於案件發生在2018年，已經是一街天眼的年代，要說強盜入屋搶劫，且看看閉路電視有沒有陌生人入屋的蹤影。

閉路電視錄到的影像顯示，自謝茜嘉下午回家後，根本就沒拍到任何陌生人的蹤影，倒是米迪殊一直在家裡。加上警方向鄰居打聽有關謝茜嘉的情報，得到一面倒稱讚她是和藹可親的芳鄰，不似會與人結下深仇大恨，至少在該社區沒有。

這麼一來，警方自然將矛頭轉向報案的米迪殊。

米迪殊馬上拿出自己的不在場證明，說自己在案發前曾前往附近的一間薄餅店買薄餅，打算作為與妻子的晚餐。

警方查看薄餅店的閉路電視後發現，米迪殊真的曾前往購買薄餅，但時間上未能為他洗脫嫌疑，所以警方繼續調查他，要他繳出手機檢查。

現代查案基本功，其中一樣就是檢查嫌疑人曾經在網上搜尋過什麼資訊，警方就在米迪殊的手機上發現他曾經搜尋過幾則駭人的條目如下：

三毫升的胰島素能致死嗎？

我需要殺死我的妻子

如何完成驗屍報告？

被謀殺印度教婦女的葬禮

筆者接下來的話雖然有點出戲，但我也必須說看到這裡時我想起了一個網絡梗，就是有人死不瞑目，他的好友在他耳邊細聲說會為他刪走電腦中的瀏覽記錄後他就安息了。

無論是瀏覽記錄也好，搜尋記錄也好，這種東西，要是不見得人的話還是要及早刪掉，要不後果隨時不堪設想。不過，若面對的是精通電腦的高手，一般刪除可能有點不夠，還要多動點手腳，要不然還是會被查出來的。

至少，米迪殊就被查出來了，第一、三、四點都還可以解釋，但第二點幾乎可以說是斷正，他為什麼需要殺死自己的妻子？

話說回來，我身為作家，經常會搜尋很多奇奇怪怪的東西，那是很正常的事。

奈何，米迪殊並不是作家，面對警方的提問，他根本答不出個所以然。

警方繼續深入調查，還發現他於兇案發生前不久頻繁地搜尋澳洲的房產資訊，難道他打算犯案後潛逃至澳洲？

然而，這些資訊都只是讓米迪殊的嫌疑不住加深，但都只能說是間接證供，缺乏關鍵證據證明是米迪殊殺死妻子，而非發現妻子被殺後報警。

米迪殊萬萬沒想到令他暴露出殺人行蹤的，竟然是一個看上去無關痛癢的手機應用程式。這個本為了健康而設的應用程式，會記錄使用者的步行記錄，亦即移動記錄。

## 佈下疑陣

警方藉此發現，在案發時，謝茜嘉一直靜止不動，而米迪殊卻在她不動後在屋內頻繁移動一段十分長的時間，而且足跡遍及全屋。這令警方有理由相信，是米迪殊在殺害謝茜嘉後在屋裡各處佈下疑陣，營造入屋行劫的假象。

這一次，米迪殊面對警方的質疑，實在無法狡辯，終於承認了殺人的罪行。到此，似乎並不曲折，但他殺人的動機和暗裡所做的事，卻委實駭人聽聞，單用「怪奇」來形容也尚嫌不足。

警方再一次提出同樣的問題：「你為什麼要殺害妻子？」

米迪殊終於坦白他的驚人秘密，他是一名同性戀。

相信讀者們都會立即想到下一個問題：「既然是同性戀，為什麼要娶謝茜嘉？」

答案儼如電視劇橋段，因為米迪殊出身傳統印度家庭，篤信印度教，認為男人必需成家立室、傳宗接代。好聽點說，米迪殊娶謝茜嘉是為了繼後香燈；難聽點說，他只把妻子當作生仔機器，甚至是一個器皿，從沒把她當人看待。

然而，米迪殊與謝茜嘉行房的次數少之又少，甚至令謝茜嘉以為自己沒有作為女性的吸引力，開始懷疑自己，甚至希望通過健身減肥和打扮來增加自己的魅力，卻不知道一切都是米迪殊刻意為之。由於一直未能懷孕（筆者按：都沒做當然懷不了啊！），米迪殊提出人工受孕的要求，起初謝茜嘉是拒絕的，因為她認為夫妻倆都沒有不孕的問題，只要多作嘗試就能成功，而不想冒傷身的風險去人工受孕。

後來，謝茜嘉卻抵受不了米迪殊的多番要求，終於首肯，卻一連三次都失敗告終，令她身心俱疲。縱使如此，米迪殊仍然要求謝茜嘉繼續嘗試人工受孕，實在令謝茜嘉大惑不解。

直至謝茜嘉在偶然的情況下查看米迪殊的手機，終於真相大白。

謝茜嘉發現米迪殊在手機的應用程式中與許多男性有著曖昧、甚至露骨的聊天記錄，那些男性全部都是米迪殊在網上認識的。謝茜嘉發現米迪殊已經和部份男性在現實中見面，而且發生了不道德的關係。

謝茜嘉晴天霹靂中倒保持幾絲冷靜，細想之後該如何自處，作為一個傳統的印度婦女，最後竟為了維護家族的面子和丈夫的尊嚴，選擇啞忍，並未提出離婚。謝茜嘉萬沒想到，她的忍讓沒有帶來風平浪靜，而是讓米迪殊的暴虐如暴風雨般襲來。

米迪殊見一切都攤到桌子上來，謝茜嘉不但沒有發爛，還選擇啞忍，於是得寸進尺，不單明目張膽的搞起婚外情，還過份到把不同的同性情人帶回家中大被同眠，把謝茜嘉趕到客房去睡，胡天胡帝過後還要謝茜嘉清理收拾，極盡侮辱之能事。

除了這種精神虐待之外，米迪殊亦曾經多次向謝茜嘉施暴，終於讓謝茜嘉得了焦慮症和抑鬱症，為此曾尋求醫生的幫助，可惜也無助改變她最終被殺的命運。

謝茜嘉一再委曲求全，米迪殊幾乎可說是要風得風，要雨得雨，為什麼還會動起殺機呢？

主因有兩個。

第一，米迪殊在網上認識了一位身處澳洲的醫生艾歷迪（Amid），兩人情投意合並發展成同性情人，米迪殊甚至向謝茜嘉透露認為自己找到了真愛，希望與謝茜嘉離婚，然後到澳洲與情人雙宿雙棲。

第二，米迪殊發現謝茜嘉買了一份人壽保險，保額高達二百萬英磅。

米迪殊動了殺機後就著手策劃殺妻計劃，正如剛才提到，他已向謝茜嘉坦白找到真愛並希望遠走他鄉一事，於是他向謝茜嘉提出離婚，條件是要謝茜嘉再試一次人工受孕，成功後就會放她自由。

謝茜嘉最初是拒絕的，最終卻受不了米迪殊的軟硬兼施，答應了他的請求，並真的成功育出受孕胚胎。這麼一來，謝茜嘉以為自由的日子距她不遠，沒想到她餘下的日子卻不多了。

米迪殊由始至終都沒打算離婚，作為一個傳統的印度男子，他把離婚視為恥辱，倒覺得把妻子殺掉能為雙方都保持顏面，而且謝茜嘉不死他又如何得到豐厚的保險金，再與愛人雙宿雙棲呢？

米迪殊之前一直未動手，是因為有一樣他想要的東西還未到手——受精卵。先前人工受孕三次都失敗，到第四次終於成功了，同時亦揭開了米迪殊殺妻陰謀的序幕，雖然他之前有搜尋過毒殺的資訊，但他最終選擇了勒殺。米迪殊在勒殺妻子後，在屋裡故佈疑陣，只是他不知道他滿屋跑的過程都被手機應用程式記錄了下來，讓他的陰謀不攻自破。

說老實話，米迪殊真的把一切想得太美，殺妻取卵詐保金一條龍，就算不是被發現移動記錄，他鐵定被列為頭號嫌疑人，他之後的動作那麼大，不被抓到才怪。事緣米迪殊在殺妻之後，立即把這個「好消息」通知他的同性情人艾歷迪，還在手機以訊息跟對方說：「我要有孩子了。你能將他當作親生兒般疼愛，並和我一起養育他成人嗎？」原來他是打算把受精卵帶到澳洲再找代母。

在法庭上，米迪殊表示自己的確做錯了，他不應該娶謝茜嘉的。（筆者按：你最錯應該是殺人才對吧？）米迪殊說自己該一早坦誠面對自己，雖明知不應娶謝茜嘉，卻又耐不住種種壓力，害怕別人知道自己是同性戀，其實他並不想殺害謝茜嘉，他難以解釋自己的感受。總而言之，他錯了，他跟謝茜嘉結婚，卻毀了對方一生，也毀掉自己的一切。

# 澳女為了吸血殺人
# 朋友個個信以為真

「吸血鬼」是個永恆不衰的題材，有關吸血鬼的故事可說包含在所有作品類型之中，當中包括推理小說和漫畫，愛看的你一定會看過以吸血鬼為題的殺人事件，故事中的死者會被吸走全身的鮮血，頸上會有牙洞等等。

因應年齡層不同，心目中的吸血鬼也會有所不同，我第一時間想起的自然是德古拉伯爵，有關他的作品今時今日還歷久不衰。其次想起東方吸血殭屍，馬上聯想到電視神劇《我和殭屍有個約會》中的將臣、況天佑和山本一夫等。

我之後的一輩大概都會提起《暮光之城》，不單有吸血鬼，還有人狼。

現在新一輩的年青人，大抵又看著些的不認識的作品，裡頭有我不認識的吸血鬼吧！

但無論我們看多少關於吸血鬼的作品都好，沒多少人會相信我們身邊真的潛伏著吸血鬼吧？我們清楚知道，什麼「扮作常人融入社會、到醫院偷血包吃、定下只吃動物血不吃人等規矩」，如此種種，不過是故事設定而已。

如果，你在生活上遇到一個人，他告訴你他是吸血鬼，你會有怎樣的反應？十之八九會認為他是傻的吧？剩下的一二就是以為他飲醉酒或服用了什麼藥物吧！

總而言之，絕不會選擇相信真有其事。

然而，接下來要說的故事中的幾名女生，選擇了相信，而且深信不疑。

到底是她們過於沉迷有關吸血鬼的故事？還是她們真的遇上吸血鬼呢？（作者按：我不完全否定吸血鬼的存在，不過不認為會如同小說描寫一般出現。）

故事發生在澳洲北部的布里斯班，一個熟悉的地方名，為什麼？也不知是誰先說起，小時候就把這地方改名為「佈滿屍斑」，倒切合這本書的主題。

還是不要拿人家地方的名字來開玩笑，正經點介紹一下布里斯班這個地方，她是昆士蘭的首府，同時亦是昆士蘭人口最多的城市。是澳洲的第三大城。布里斯班有延綿的海岸線，陽光明媚，被稱為「陽光之城」。

但就算布里斯班一年有超過二百五十日晴天都好，一樣有她陰沉的一面，一樣會有無懼陽光而住在這裡的吸血鬼。

1989年10月20日，星期五。

人到中年的愛德華（Edward Baldock）趁著週末相約朋友們到酒吧飲酒，喜歡玩飛鏢的愛德華還贏得了當晚由酒吧舉辦的飛鏢大賽，因而興奮不已，也就多飲了幾杯，結果酩酊大醉。

晚上十一點半，狂歡過後，愛德華帶醉蹣跚離開，想要截計程車回家。或許是他的醉態太過嚇人，一連幾輛車也不願接載他。愛德華無可奈何，只好嘗試一邊步行回家，一邊沿途截車。

未幾，竟真有一輛車停靠在愛德華身邊，他並沒有多想，上了車，怎知道那輛車並沒有將他帶回家。

翌晨，愛德華的太太伊蓮發現丈夫竟一夜未歸，比起責怪，她更是擔心。因為愛德華雖然喜歡和朋友飲酒作樂，但一向很有擔戴，而且準時，很少會晚過十二時回家，何況竟徹夜未回。

或許是女性獨有的第六感告訴伊蓮，丈夫很可能出事了，於是她馬上報警。

幾乎同一時間，警方又接到一名叫做史堤芬的男士報案，據報他早上在公園划船，經過一棚屋前時，見到有人倒卧屋前，由於姿勢有點奇怪。史堤芬下船後立即上前看個究竟，沒料到等待他的卻是一幅駭人畫面。

男子低著頭，光著身子並蜷曲起來，四周血跡斑斑，咽喉被割斷，傷口一直由左耳根延伸到右耳，整條頸幾乎被割斷，死狀駭人。

警方接報後火速趕到現場，法醫奉命到場調查，發現死者為一名中年男子，身中二十七刀，研判兇手可能是男性或多於一人。死者背後有多個被刺的傷口，其中一些血洞大開，看來是兇手在刺穿後再刻意用手把傷口拉開的，動機未明。

現場並沒發現兇器，由於案發時為深夜，地點偏僻，一時間找不到任何目擊證人。

不過，警方還是找到一些線索的。

首先剛提過男子全身赤裸，警方發現他的衣服被整齊摺疊好放在旁邊草地上，疑似是死者生前自己脫下的。其次，警方在棚屋門前發現死者的錢包，裡面有一張Commonwealth銀行的銀行卡，卡主的名字是E. Baldock，警方立即聯繫銀行查明卡主失份，證實是伊蓮報失蹤的丈夫，四十七歲的愛德華。

除此之外，警方還發現愛德華左邊的鞋裡竟然藏有另一張Commonwealth銀行卡，但上面的名字卻是T. Wigginton。警方依樣畫葫蘆，查出卡主是一名叫做翠絲·威靈頓（Tracy Wigginton）的女子。

翠絲和愛德華到底有何關係？她的銀行卡為何會在愛德華的鞋裡？這會否就是破案關鍵呢？

最直接的方法，當然就是找翠絲來問問。

翠絲當時二十三歲，是土生土長的布里斯班人，她在面對警方的查問時顯得十分淡定，解釋自己在事發當晚和幾名朋友到了該公園玩耍，可能在當時把銀行卡弄丟了。

翠絲·威靈頓（Tracy Wigginton）

不知怎的，警方竟然相信了翠絲的解釋，認為可能是愛德華飲醉了，在公園的草地上見到翠絲掉落的銀行卡，在昏暗的環境下錯以為是自己的銀行卡，所以藏了起來。

然而，警方並未就此就撇除翠絲的嫌疑，並提出檢查她座駕的要求，翠絲毫不猶豫，一口答應。

警方很快就在車尾箱找到一條染血的毛巾，這立時引起他們的警覺，決定進一步深入調查，把翠絲與她口中與她一同到公園玩耍的朋友分開來盤問。

探員帶著翠絲重回公園，並仔細問她當日的情況，在底在哪裡玩耍？怎樣玩耍玩得連銀行卡也掉了出來？

之前一直處之泰然的翠絲來到公園，面對探員的質詢，開始辯稱自己記不清具體位置，儘管那不過是不久之前的事，這無疑讓探員的懷疑一直加深，而且翠絲說自己和朋友們打鬧追逐，卻沒有具體說出怎樣玩法，都二十幾歲了，幾個人半夜在公園打鬧追逐？

另一邊廂，警員開始盤問翠絲的朋友黛比（Debbie）和維娜（Waugh），她們同時亦是翠絲的室友。

維娜表示翠絲在早上七點半才回來，當時翠絲看上去不太對勁，神色十分慌張，情緒激動地說自己遺失了銀行卡，於是和另外一位朋友去公園尋找，結果銀行卡沒找到，卻發現了一具屍體，但因為兩人太過驚慌，所以沒有報警，而是選擇立即回家。

警方就維娜的證詞追問翠絲，翠絲對發現屍體一事直認不諱，但推說跟自己一點關係都沒有，直至她的女友麗莎（Lisa Ptaschinski）到警局報案，說自己目睹一宗謀殺案，才終於將當晚的事實曝光，內容儼如電影情節，離奇曲折，駭人聽聞。

## 駭人聽聞的秘密

麗莎雖說是翠絲的女友，但兩人僅僅在事發前兩星期於一同志酒吧認識，然而，麗莎在這短促的日子裡已經發現了翠絲的一個驚人秘密——翠絲不是人，而是一隻吸血鬼。

翠絲真的是吸血鬼嗎？

至少，她的父母不是。

一九六五年八月四日，翠絲出生於昆士蘭的一個人類家庭，家境富裕，遺憾的可能就是父母在她小時候就離婚了，她母親生下她後體弱多病，迫不得已交由祖父母幫忙照顧她。

翠絲的祖父是位成功的商人，對她愛護有加，而且經常陪伴她，翠絲也十分喜歡自己的祖父。

相反，祖母對她極之嚴厲，控制欲極強，翠絲不聽話時甚至會對她進行體罰，翠絲十分怕她，弱小的心靈亦因此蒙上陰影。

然而，祖母之所以會這樣，和她自己的童年過去也有一定關係。祖母少時亦是被一位親戚收養，沒料竟遭到對方不斷性侵。到十幾歲時又被家人的朋友侵犯。到成年結婚後，又發現丈夫對自己不忠，結果孕育出扭曲的性格，將自己的痛苦發洩在年紀小小的翠絲身上，亦在不知不覺間孕育出另一頭怪物。

翠絲自幼無心向學，經常和同學起爭執，甚至被退學。翠絲輟學在家，竟沉迷起塔羅牌、煉金術和黑魔法等超自然力量上。

到翠絲十五歲時祖父離世，只剩她和祖母相處，讓兩人的矛盾不斷升級，不知是翠絲想尋求父愛還是刻意與祖母作對，她竟然與祖母的一名男性朋友來了一場「爺孫戀」。雖然祖母極力反對，但無損翠絲的激情，結果在十六歲就懷了對方的骨肉，結果對方當然不賣帳，而且一走了之，終斷聯絡，這對還是少女的翠絲造成了極大打擊。

一年後，翠絲的祖母亦不幸去世，只餘下她孤伶伶一個，因為當時她還未成年故不能繼承祖父母的財產，結果連生計都成問題，於是跑到酒吧工作，但人工微薄，翠絲沒辦法只好也兼職賺些皮肉錢。

直到翠絲十八歲，合法繼承了其中一筆財產後又不懂好好理財，反而揮霍無度，很快就花光了財產。

三年後，翠絲廿一歲，又繼承了剩餘的財產，但她還是沒有學乖，還因為遇上了真愛，一起飛去加拿大渡假，結果又把錢花光，真愛馬上把她一腳踢開。不單如此，翠絲還發現真愛原來一直瞞著她，花著她的錢去和其他男人約會。

這一次，翠絲終陷入了嚴重抑鬱之中，她的情緒變得極不穩定，並開始遠離人群，一股勁的埋首鑽研有關吸血鬼和巫術的東西。翠絲就這樣把自己困住了足足兩年才「出關」，從始變得不一樣。

翠絲開始活躍於同志酒吧，交朋結友，先後認識了之後和她成為同屋主的黛比，還有之後的女友麗莎。

麗莎與翠絲可說是同病相憐，麗莎本身患有精神病，病情反覆，可能正因如此兩人才一拍即合。

兩人甫相識，翠絲就告訴麗莎自己的真正身份是一隻吸血鬼，不能像正常人般飲食，而是要靠動物的血液來維生，所以她會定時到肉品店購買動物鮮血云云，言之鑿鑿，講得真的一樣，還請求麗莎被她吸血。

翠絲編這樣的大話已經夠瘋狂，更瘋狂的是麗莎竟然相信。兩人之後又在同一酒吧認識了另一對同性戀人金（Kim）和維娜（前文提到的室友），兩人竟也相信翠絲的謊言，相信她是吸血鬼，還擁有一些超能力，例如讀心術。

四人成為了好友，經常混在一起，而且有一個十分特別的嗜好，喜歡在午夜時份到墓地去野餐，甚至偷走墓碑帶回家收藏，十分重口味。

由於麗莎率先自首，翠絲知道再難狡辯，只好和盤托出案發經過。

事發當晚，兩對情侶共四人又到酒吧飲酒作樂，期間共商大事，誓要創下偉業，決定為翠絲物色第一個人類獵物，令翠絲成為真正的吸血鬼。

午夜時份，四人帶醉駕車在路上兜截獵物，結果，走在路上截車的愛德華不幸被相中，成為了犧牲品。

四人相議過後，決定派出當中最具女性魅力的金出馬，扮作企街兜客，把愛德華色誘上車，載至人跡罕至的公園深處，先由翠絲與愛德華一同下車，到棚屋處時請他脫去衣服，並聲稱自己要去廁所。

愛德華或許多少察覺到有些不妥，但未知道自己大劫難逃，只怕自己會遭到洗劫，於是就把銀包塞到棚屋下，才會有之後警方在棚屋下找到銀包一幕。

另一邊廂，翠絲並沒有真的上廁所，而是回到車上去拿刀子，礙於愛德華身型健碩，翠絲怕單人匹馬難以逞兇，於是就叫麗莎幫手，兩人合力殺死愛德華，而金和維娜則在車上等候。

說老實話，筆者還真是第一次聽聞吸血鬼殺人要拿刀子，還要找人幫忙的，那些女生不覺得奇怪的嗎？

回到兇案現場，麗莎臨時膽怯，遲遲不敢動手，翠絲卻毫不猶豫，手起刀落，從愛德華的後頸插入第一刀。

警員問麗莎為何沒有嘗試阻止？

麗莎供稱那不是一個可干預的情況，她看見翠絲對殺人的渴望，儼如鯊魚獵殺，因血而瘋狂，殺紅了眼。

翠絲在一輪狂刺之後，就坐在愛德華身邊並點起一根香煙，靜靜地看著他的生命消逝。在愛德華嚥氣後，翠絲用手拉開了愛德華的傷口，開始吸吮起來，吸完後就把刀子拋進河中，洗淨雙手後回到車裡，前後用了約半個小時。

三人見翠絲回來時滿身鮮血，不但毫不驚慌，還有講有笑，或許她們心裡都曾經有過懷疑，如今見到翠絲成功吸血回來，才能證實她們不是傻瓜吧！

警方在進一步調查時，綜合翠絲的證供以及背景資料，認為她精神明顯有問題，於是決定在上庭前找專家為她作精神鑑定。

結果，兩位精神科專家通過催眠，竟得悉翠絲一個從未跟人透露過的秘密，在旁人眼中對她百般寵愛的祖父，竟然自她小時候起就一直強暴她，這精神和肉體上的創傷竟令她得了多重人格障礙症（Multiple Personality Disorder，MPD），共分裂出五種人格。

第一個人格，是童年的翠絲，永遠都天真無邪。

第二個人格，是成年的翠絲，重度抑鬱。

第三個人格，是旁觀者，就像個不帶任何感情的第三者。

第四個人格，名為「波比（Bobby）」的暴力男。

第五個人格，亦是最陰沉和兇惡，名為「艾薇兒（Avril）」的人。艾薇兒是誰？不是加拿大創作女歌手，而是翠絲的祖母。

兩位精神科專家認為，驅使翠絲殺人的，就是第四人格的波比和第五人格的艾薇兒。

案件鬧得沸沸揚揚，翠絲最後選擇認罪，礙於她的精神問題，最終被判無期徒刑，十三年內不得假釋。

其餘三人則聲稱自己無罪，皆指遭到翠絲脅迫，但法官認為麗莎最終雖沒動手，但明顯參與其中，被判無期徒刑，最終吃了十七年牢裡飯後獲假釋。

金則因為帶備兇器和引誘愛德華上車，最終被判二級謀殺罪成，判監十八年，並在服刑十二年後獲得假釋。

維娜是唯一一個無罪釋放的，因為她一直表現合作，案發當晚亦曾多次出言勸止，而且並未主動協助。

事年的主角吸血鬼翠絲服刑期間，表現終於像個正常人，在獄中努力讀書，成功考獲了一個哲學和人類學學位，最終經五次申請，於二零一二年一月十二日假釋出獄。

翠絲真的從此洗心革面了嗎？

真正的吸血鬼，難道也有變成人類的一天嗎？

幾年後，有人發現翠絲增設了社交帳號，她在網上分享很多恐怖圖片，當中包括吸血鬼、墓地裡的屍體、鬼魂、骷髏等等，最可怕的是還有暗示要吃人的圖片。

翠絲如今已改名換姓，但改得掉她殺人吸血的慾望嗎？

# Check this out

# 吸血鬼綜合症

這世上還真有這種病，吸血鬼綜合症，又稱「紫質症」，正式名稱為卟啉症（Porphyria）。

這是一組遺傳性疾病，因體內卟啉（heme合成過程中的化學物質）代謝異常導致。患者可能因基因缺陷無法正常合成血紅素，導致卟啉或其他前體物質在體內積聚，引發多種症狀。

最顯著的症狀包括對陽光的極度敏感，暴露於陽光後，皮膚可能出現嚴重灼傷、水泡、瘢痕或色素沉著，這與吸血鬼傳說中「懼光」的特徵相似，因此被俗稱為「吸血鬼綜合症」。其他症狀可能包括腹痛、神經系統問題（如癲癇、精神症狀）、尿液顏色異常（如呈紅色或紫色）等。症狀的嚴重程度因人而異，某些類型的卟啉症可能僅在特定誘因下（如藥物、酒精、壓力或日曬）發作。

治療方法包括避免陽光照射、使用遮光劑、補充葡萄糖或血紅素，以及管理症狀。部分患者需定期輸血或接受基因治療。診斷通常透過血液、尿液或糞便檢查卟啉水平來確認。

由於症狀與吸血鬼傳說的相似性，卟啉症被認為可能啟發了中世紀的吸血鬼傳說，如蒼白、懼光及怪異行為等描述。然而，這是一種醫學疾病，與超自然無關。

# 蛇蠍心腸酒店妹
# 全家出動殺男友

這個案，其實我早在二零二三年就寫過，因為當時蔡天鳳案鬧得沸沸揚揚，特別在香港，廣受討論，除了毀屍滅跡的手法恐怖，惹來一陣人人不敢飲青紅蘿蔔湯的騷動外，當中兇嫌疑似一家齊手合力犯案一事，亦令不少人覺得驚嘆。有此感悟，大抵以為理應會有人出言阻止，怎想到會齊聲附和，一拍即合？

蔡天鳳案當中疑團極多，案發後又有很多靈異故事，例如曾傳蔡天鳳向母親報夢、龍尾村居民聲稱見到蔡天鳳的鬼魂等等。但由於案件還未審結，加上時間太近，我不想予人「抽水」之感，所以不會在此談論太多。

此案倒是讓我想起另一宗台灣的案件，同樣是全家人一同策劃謀財害命的大計，然而三個臭皮匠最終仍然是臭皮匠，並沒有變成諸葛亮，他們行兇的手法拙劣，他們的「怪奇」，怪奇在愚蠢。

林姝妤

我在做資料搜集時，偶爾會被行兇者的愚蠢所吸引，一直想寫一系列「笨蛋謀殺案」，現在機會終於來了。

由於案件的類型不同，我講述的手法亦會有點不一樣，這一次，請大家先看看上圖。

有兩個人，對不對？

不對，因為她們都是同一個人來的，她的名字叫林姝妤，亦即本案的女主角。

可能你會問：「怎麼可能？圖裡的不是一男一女嗎？」

林姝妤雖為女兒身，但一向喜歡作男性化打扮（圖左），更曾在她的社交媒體上表明希望成為男性，認識她的人都知道她的性取向。

然而，某天開始，林姝妤突然棄用了該帳號，潛伏一年後就搖身一變成圖右的女性化打扮，轉變之大，令人咋舌，到底發生了什麼事？為什麼她會有如此巨大的轉變呢？

原來林姝妤陷入財困，而且不只她一人，而是她全家。

林姝妤本來在早餐店有份正職，算是能勉強維持生計，豈料新冠疫情殺到，大大影響她的收入，再加上她的家人大都游手好閒，爸媽早早退休沒有工作，弟弟在油站兼職，舉家主力靠林姝妤一個賺錢養家，當然十分吃力。

生活拮据，苦海求天，林姝妤竟然把心一橫，決定去做酒店妹。雖然俗語有話「百貨應百客」，但林姝妤心底裡可能也覺得自己極度男性化的造型客路比較窄，於是決定留回長頭髮，還去做了所謂的微整形，亦即整容，加上濃妝艷抹，再訛稱自己是大學生，結果真的讓很多客人對她有興趣，最後在一眾裙下之臣當中，有一名從事非法賭博的江湖人士張凱鈞願意包養她。

這位張凱鈞出手頗闊綽，除了每個月給林姝妤十萬台幣花和時常送禮外，還提供林姝妤住的地方，而且買了一台價值兩百萬的跑車給林姝妤代步，車的擁有權寫在林姝妤名下。雖然如此，但林姝妤並沒有絲毫感激之心，她只把一切都視為交易，她還對家人說曾遭張凱鈞暴力對待，她只是因為錢而啞忍，而家人則替她不值，心中對張凱鈞恨之入骨。

林姝妤心中慢慢開始起了歹念，想將張凱鈞除之而後快，把他的東西據為己有。沒料到林姝妤將想法告訴家人後，家人不單沒有反對，林爸爸更主動說只要女兒把男友帶回家，他會親自動手。林媽媽亦從旁獻計，共商惡舉。

2021年10月29日，位於彰化縣埔鹽鄉的東螺溪，發現一男性浮屍，屍體用繩索綁著多達四十公斤的空心磚，而且頭笠黑色膠袋，膠袋下的雙眼被黑膠紙封住，一看就知死因有可疑。

台灣有一個民間說法，說只要將死者的雙眼封起來，死者的冤魂就找不到行兇者報仇了，這明顯就是一宗兇殺案。到底死者是誰？行兇者又是誰呢？

現場並未發現死者的身份證明文件，由於屍體浸在水裡多天，已經浮腫潰爛，難以辨認，最後警方好不容易才在他左手無名指採得指紋，比對後發現是五十一歲的富商張凱鈞，馬上通知他的家人來認屍，證實的確是已失蹤了兩星期的張凱鈞。

查兇殺案，例牌從身邊人查起，警方找來張凱鈞的兒子問話。

張兒透露兩星期前，爸爸有提過要跟女友南下到彰化鹿港玩兩三天，但就從此失去聯絡。張兒也有向爸爸女友追問爸爸下落，對方稱他們於10月15日吵了一架分開了，從此沒有聯絡。

警方還問了張兒很多問題，由於張凱鈞被棄屍的手法特殊，警方也有想過死者是否被仇殺，於是問到張凱鈞的工作。

張兒表示父親從事與博弈有關的偏門工作，但警方調查則發現張凱鈞的工作似乎涉及詐騙，而最奇怪的是在他失蹤期間他的銀行帳戶屢次出現異動，被提領過百萬元。而根據提款機拍到的畫面，提款人並非張凱鈞本人，而是兩名戴上口罩和帽子的幪面女人。

到底張凱鈞是得罪了什麼人？還是跟錢銀有關？

由於張兒有提起過最後一次與父親對話時，父親表示要去找女友，警方順理成章要去找張凱鈞的女友，亦即林姝妤問話，但問話之前當然先起起她的底，發現她是一名酒店妹（或稱「傳播妹」），並在台北最大規模的傳播公司上班，兩人在工作時認識，女生長得漂亮，很討張凱鈞歡心，及後被張凱鈞包養。

這樣的關係，大概會被愛恨和金錢所糾纏吧？

## 略施小計

警方在過程中略施小計，隱瞞了已發現屍體的事實，擺明著想要對方掉以輕心，看會不會漏出口風，所以第一句就以退為進，問林姝妤：「妳知道我們今天來找妳是為了什麼嗎？」

林姝妤表現相當鎮定，想必自以為殺人棄屍的計劃萬無一失，還一臉無辜的交代劇情，說：「是有關我男友失蹤的事情嗎？那跟我有什麼關係？」

說老實話，這句話不就露了餡嗎？妳男友失蹤不關妳事，關誰的事啊？還好意思說是妳男友？

警方也不動聲色，只說：「張凱鈞自10月16日起失蹤，他的兒子說失蹤前他有去找妳，想問妳知不知道發生了什麼事？」

林姝妤不虞有詐，就說10月15日和男友一起去彰化老家見家人，10月16日男友和她一家出遊去海邊看夕陽、去漢寶、去逢甲等，最終卻因為吵架不歡而散，之後就失去男友蹤影，久久未聯絡得上，她也想找到男友的說。

這時警方才拿出拘票，突然告訴林姝妤張凱鈞已死的事實，說既然林姝妤承認10月16日當天一家與張凱鈞出遊就好辦了，因為他們已調出公路上的監視器，拍到林姝妤的車出現。

然而，一段平常只需五分鐘就走完的路，那天林姝妤的車卻走了一個小時，中間那五十五分鐘，他們一家到底哪裡去了。而最重要的是，那段路的中央，正好靠近東螺溪，難不成是把車子停在路邊，再將屍體拖去丟棄？

林姝妤雖仍然保持冷靜，但面對警方質疑卻未能好好交代，只懂推說不記得。

林姝妤不記得沒關係，但當天是林家上下一起出遊，不會一家四口都不記得吧？

想當然耳，一家四口同坐一條船，當然一早夾好口供，打死不認。

警方也不急，因為證據還多著，之前不是說提款機監視器有拍到兩名女子用張凱鈞的卡提款嗎？雖然兩名女子都戴上口罩和帽，但怎麼看就怎麼像林姝妤和她母親。

林母激烈否認，說根本沒拍到樣子，叫警方別冤枉好人。

林母真是想得太美，樣子雖然沒有拍得很清楚，但她幾次前往提款時所穿的衣裝卻被拍得清清楚楚，自以為算無遺策的她，竟然沒把做壞事時所穿的衣褲鞋襪銷毀丟掉，而是好端端放在家中，靜待警員們發現。

撞衫一次半次可能是巧合，但幾次的衣服都給警員發現，想要強辯下去只怕丟人現眼，林母雖仍矢口否認，但被拘押了的林姝妤和律師見面後，看來知道紙終包不住火，終肯開口承認殺人，卻將所有罪名攬到自己身上，說事情與家人無關。

林姝妤的父親見狀又開口承認殺人的是他，這是因為張凱鈞經常對林姝妤施暴，當日亦因此起爭拗才憤而殺他，並無預謀，亦與其他家人無關。

怎麼了？這是吃完飯搶結帳的概念嗎？謀殺的罪名是可以這樣搶來搶去的嗎？

慢慢，林家上下見殺人罪是鐵定逃不了，於是又開始訴說張凱鈞對林姝妤有多差，經常向她施暴，又說張是混偏門，搞詐騙，總之就是說張是該死，想營造他們是過失殺人的氣氛。

過失殺人？那麼用來綁屍體的麻繩和空心磚呢？哪裡來的？正常人會把這些準備在車上嗎？

結果，他們也並沒有準備在車上，而是提前一天就買好了東西，放在東螺溪的預定棄屍地點。

警方還查出，林姝妤的弟弟也涉案其中，雖然沒有落手殺人，但有協助處理屍體，而且事前還經他的一位朋友拿到安眠藥，最終就是靠讓張凱鈞飲下混入了安眠藥的飲品，令他失去抵抗力後由林父下手的。

事後拋屍入河，隔日還怕屍體會浮出水面被人發現，林父竟聯同兒子換上潛水衣，潛到河底確認屍體情況，另再加多點磚塊希望萬無一失。他們不知道的是，屍體的浮力並不是幾塊磚頭就抵消得了的。

這個世界，有著所謂的智慧型罪犯，顯然不是此案的林氏一家。他們的愚蠢，建基於自以為聰明，然而行事太過粗疏，不夠縝密。當然，真正聰明的人大概就不會犯下這種彌天大罪，因為情緒和慾望管理也是智慧的一部份。

我認為他們最愚蠢的地方，是既然都要去幹這種「大事」了，連資料搜集都不做，至少要看一下奇案系列。只要稍稍鑽研，就知道衫褲鞋襪必需銷毀；只要上網搜尋一下，現在甚至問一下人工智能，就可以得出落入水中的屍體之浮力，人工智能甚至會告訴你落水的屍體會因腐爛等情況有機會浮出水面，那麼你就不會蠢得將屍體拋進溪中了。

我在之前的著作中提過無數次，殺人不難，毀屍滅跡才令人傷透腦筋，選擇沉屍溪中，明顯是沒有根據精密計算的懶惰行為。事後又要因擔心重返現場，無疑是不斷增加自己留下的痕跡，警方想抓不到你都難。

最後，林氏一家雖然奇謀妙計盡出（自以為），結果還是法網難逃，林姝妤被判無期徒刑、林父判監十六年零六個月、林母及林弟則被判十五年六個月，至於林弟提供安眠藥的朋友則被判六年零六個月。至於林家以死者提款卡盜領的四百多萬元則被沒收。

我認為這結果對張凱鈞的兒子來說真有點不公，雖說殺父仇人全部身陷囹圄，但那四百幾萬分明就是屬於張凱鈞的，結果沒有追回來，而是被政府充公，真有點說不過去。

# 棄屍喬裝爆炸頭<br>欲蓋彌彰殺人犯

笨蛋謀殺案又豈只一宗半宗那麼少？

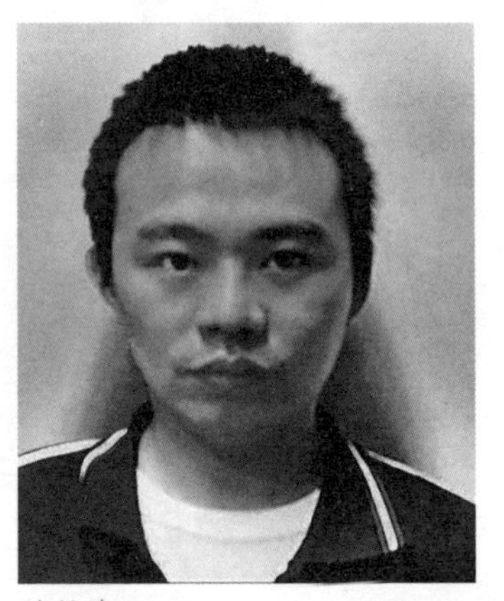
陳佳富

跟上回一樣，先看圖片，他就是接下來要說的謀殺案主角。

他的名字叫陳佳富，你看他在圖中那爆炸頭造型就知道他真有夠「怪奇」了吧？

可能你會問：「爆炸頭怎麼了嗎？」

抱歉！我沒有說清楚，圖中的劃時代造型，是他在棄屍時喬裝打扮而成的，他大抵不知道「欲蓋彌彰」這四字成語。陳佳富不單戴了個爆炸頭假髮，還在大熱天時身穿羽絨，想要人不認住他也難，警方查看監視器時幾乎一眼就看穿他有古怪。

說回案件本身，之所以吸引到我的眼球，除了因為兇手的獨特造型外，還因為它跟我之前寫過的奇案都有共同之處，就是刻意把死者的頭都割下來，而且同樣是為了騙保險。

可能你又會問：「有關首斬和騙保險金的謀殺案，不是世界各地都有嗎？」

是的，但據我的非正式統計，台灣真的特別多，因為台灣有種民間說法，認為只要將死者的頭割下（上一回則是蒙眼），冤魂就再難作祟，做鬼都不靈，其實這都不過是自我安慰，自欺欺人，結果很多冤魂還是回來了，這在我之前的作品《靈異謀殺案》和《邪門謀殺案》都提過不少。

而騙保險在過去的台灣簡直大行其道，據我在台灣的保險經紀稱，過去台灣保險多漏洞，所以真的有好多台灣人騙保金。例如買了意外險，就不斷自殘打斷自己的尾指來詐保，剛復元又打斷它，所以後來才改了條例同一傷患在某時段內不會再賠之類。

接下來，就說一下案件細節。

今次的案件名為「三重醃頭案」，顧名思義，不單把頭割下來，還要用鹽醃。

一切要由2013年3月15日說起。

當日，新北市三重分局的大同派出所收到一封匿名信，內容如下：「陳婉婷的屍體在嘉義水上農會旁兩百公尺外的公園男廁裡，我沒辦法處理，請好心人幫忙。好心人留。」

由於收信的派出所與信中描述的棄屍地點距離很遠，警員只好致電該區警局，派同仁前往調查。

同日傍晚六時，有一名清潔工於瑋宿上天宮的廁所中發現一來路不明的膠袋，裡頭似乎裝有一些詭異的東西，於是不敢靠近和打開，只好報警求助。

警方收報後立即派員前往，警員將包裹多層的膠袋逐一拆開，除了膠袋還包著一些女性衣衫和內衣褲，最終發現一顆被抹上鹽花的女性人頭，和一張寫著「陳婉婷」的字條，正好與先前收到的匿名信提到的名字一樣，相信描述的是同一人。

頭顱除了用鹽醃過之外，亦有冷藏過的痕跡，眼窩凹陷，由下顎開始切斷，沒有頸部，外觀可怖，推測死了兩至三天。

警方很快就證實死者的確是現已失蹤，家住新北市三重區的陳婉婷。筆者過去寫了這麼多奇案，一般來說遇到這種故佈疑陣的謀殺案，警方查起上來總是大費周章，處處碰壁。

## 兇手留下大量證據

然而，三重局警方這次查案卻進展神速，很快就掌握到大量證據。

為什麼呢？

無他，因為犯下這宗殺人案的陳佳富實在是個「人才」，為自己犯下的案件留下大量證據，就算找漫畫《名偵探柯南》裡的毛利小五郎來查，也絕對可以找出真兇，兇手的愚蠢程度，可想而知。

警方很快就將兇嫌鎖定為陳婉婷的二哥陳佳富，理由是陳佳富「剛巧」在推測陳婉婷被殺的那兩天裡向公司請了假。警方鎖定嫌疑犯後立即進行深入調查，發現陳佳富為妹妹陳婉婷一共投保了五份總值逾六百萬的人壽險，受益人當然是陳佳富自己，這足以構成極明顯的殺人動機。

然後，警方查了一下陳佳富的手機定位，發現他於案發兩天，曾從新北三重南下到嘉義的水上鄉。但單憑定位警方也怕冤枉好人，因為也可以是有人偷了他的手機，帶著他的手機到處跑啊！於是警方便翻查監視器，然後在頭顱發現地點附近發現形跡可疑的人，亦即文首那張圖中於大熱天時穿羽絨外套和頂著爆炸頭假髮的陳佳富，想找不到他都難。

記得曾經有一名職業殺手，殺人無數，警方一直難以將他緝拿歸案。很多人對該殺手的外表有猜想，以為他會像電影中的殺手般冷酷有型，一派專業形象。結果，殺手落網，身高一七零不到，看上去像個普通大叔，這亦是他的成功之處，正因為長得平凡才不會引人注目、才容易接近目標和順利逃走，因為他的存在感太低了。

相反，陳佳富的爆炸頭造型實在太吸睛了。一般來說警方翻查監視器片段都要花費大量時間和精神，顯然陳佳富的造型為警方節省了不少時間。

陳佳富除了想以喬裝來隱瞞身份外，在寫信給警方時也曾故意改變字跡，卻被筆跡專家一下看破，指出寫信的就是陳佳富，看來陳佳富是把筆跡鑑定這門專業看得太簡單，可不是刻意把字寫得歪歪斜斜就瞞得過去的。

說到這裡，可能讀者們都有個疑問，為什麼陳佳富要大費周章去寫信通知警方呢？

原來當日陳佳富殺人棄屍後不住留意新聞，卻發現沒有相關的新聞報導，這讓他心慌起來。一般殺人兇手是心慌屍體被人發現，如上一篇文章的林氏一家。但陳佳富卻相反，生怕沒有人發現陳婉婷的屍首，因為若沒有人證實陳婉婷已死，他又如何領取保險金呢？

陳佳富為什麼會找妹妹陳婉婷做目標？一般謀財害命，兇手都會找父母、子女、配偶等，找兄弟姊妹的會較少。其實陳佳富一開始是想找太太下手的，但他娶的是中國姑娘，因為證件問題，最終投保失敗，他太太亦因此逃過一劫。

陳佳富這才將目標轉移到妹妹身上，找上妹妹也不是全無原因的。話說陳婉婷年少輕狂，年紀小小時就未婚懷孕，及後不顧家人反對，把孩子生了出來卻最終被賤男拋棄，從始就患上精神病，回到娘家由家人照顧，而其中一個幫手照顧她的人就是陳佳富。

陳佳富在旁人眼中是一個好哥哥，對陳婉婷好好，但原來心入面暗懷鬼胎，想謀財害命。陳佳富熟知陳婉婷的一切，知道她在患上精神病後生活不太檢點，經常為了賺錢買煙讓人付錢摸奶，甚至帶男人回家進行性交易。

之前不是提過包裹人頭的東西裡包括了陳婉婷的內褲嗎？警方在上面就檢測出分別來自兩名男性的精液，當中沒有陳佳富的份兒，或許是他想嫁禍給其他人的奇招，可惜最後全部都派不上用場。

一直只提到陳婉婷的頭顱，那麼她的屍身又到哪裡去了呢？

陳佳富一早就著手處理，而他的做法竟然是用絞肉機絞碎，再加水稀釋然後沖進浴室排水孔。奇案看多了的讀者們一定猜到發生什麼事，是的，塞渠了。

我初來台灣時最不習慣的，就是很多地方連廁紙都不能丟馬桶，說會造成淤塞。

陳佳富結果弄塞了水管，那些血肉竟然回堵至鄰舍家中，溢出兩盤血肉，鄰居真的多得他不少。

其實也不是想說台灣的水管才會塞，根本世界各地用類似方法毀屍滅跡的十之有九都會造成淤塞。就算真有成功沖走，警方在追查時也經常能在水管找回一些血肉，證實兇嫌曾處理屍體。

陳佳富幾乎可以說是全方位露出破綻，而當中最最最令我不解的是，為什麼他會選擇宮廟作為棄置地點。俗語有云：「人在做，天在看。」就算你不信天有眼都好，你現在是刻意拿到神明眼下，算是什麼意思？

陳佳富最終被判殺人罪成，卻逃過了死刑，因為法官認為他孝順母親，可以教化，真的聽得我一頭霧水。

孝順母親？有多孝順？孝順得要殺了她女兒嗎？

另外，法官又認為陳母已經喪女，若再失去兒子，在考量親情下認為很難判處陳佳富死刑。其實我仍然聽不明白，量刑多重，不是應該看回罪犯和該罪本身嗎？

無論如何，這案以陳佳富被判無期徒刑定讞。

這案就此就完了嗎？不，據說這案件背後還有些靈異故事。

事發之後好多街坊都說在發現陳婉婷頭顱的廁所，半夜三更會傳出女人喊聲，又說會有白衣女鬼飄過，嚇到無人敢去，連靠近都不敢。結果媽祖廟從善如流，將整個廁所砍掉重煉，之後就再無傳出鬼故事了。

# 第三章

# 奇

# 變態積犯專搞細路
# 母親連開八鎗復仇

一直很想寫的話題，礙於話題敏感，又基於政治正確，一直未有提及，到現在也只敢放在書的最後。

不知你會否和我一樣，看奇案時都會幻想若果這一切發生在自己身上會怎樣？

這可真是廢話，當然並不好過。

但有時我會想，若發生在家人身上，想必更加難過，又或者該說是另一種難過，那種萬刀剜心、恨錯難返的感覺。雖然大吉利是，但我的確有幻想過若案中被姦殺的是我太太、被虐殺的小孩是我兒子，我會怎樣呢？

我唯一想到的，是我要復仇，無論用任何方法都好，我會希望兇手以命填命，可以的話最好是我親手將之手刃。

這無疑與現世的大愛包容世界觀相違背，刻下全世界都在減少甚至廢除死刑，以命賠命的想法彷彿背道而馳，但我會選擇誠實面對自己。

未經他人苦，莫勸他人善。

人家老婆仔女慘死，我實在沒辦法勸人放下和原諒，反之亦然。

若兇手殺人後得到的報應只是受法律制裁，那好，別人殺了他也一樣。

接下來要說的兩宗案件，我看畢之後甚至有點感動。

再一次戴頭盔，我知道這或許政治不正確，但我選擇誠實面對自己，即使會搭上前往地獄的列車。

事發在德國（當時仍被稱為西德）的呂貝克（L ü beck, West Germany）。

瑪麗安・巴赫梅爾（Marianne Bachmeier）是位單親母親，她在當地酒吧做侍女，由於沒有人替她顧女兒安娜・巴赫梅爾（Anna Bachmeier），她只能每晚都帶著她上班。久而久之，安娜都與酒客混熟了，大家都習慣了她的存在，倒沒有影響到瑪麗安的工作。

在這樣的環境下長大的安娜亦養成了獨立和不怕生的性格，偶爾會獨自出外找朋友玩，縱使她當時只得七歲，但由於瑪麗安要母兼父職，亦管教不了那麼多。

瑪麗安·巴赫梅爾
（Marianne Bachmeier）

就在1980年5月5日的前一夜，瑪麗安和女兒安娜吵了一場架。原本母女吵架不過平常事，瑪麗安大概以為只要一覺睡醒就能泯恩仇，怎會想到一覺醒來已經和女兒永別。

5月5日早上，瑪麗安起床時發現女兒不見了，她最初還以為獨立的女兒逕自上小學去了，也沒有多想。豈料到下午過了放學時間，仍遲遲未見女兒歸來，才察覺到事情不妥，馬上四出尋找。

上文提到，由於瑪麗安從以前開始就經常帶著女兒上班，出入都會把她帶在身旁，所以附近街坊都認得安娜，當天卻沒有人見過安娜。及後，當瑪麗安致電學校，則接到更令她震驚的消息，老師說安娜當天根本沒上學。這令瑪麗安越發害怕，原先她以為女兒只是在放學回家路上出意外，刻下女兒就好像人間蒸發一樣，憑空消失不見。

瑪麗安當機立斷，選擇報警。

可能礙於失蹤的女孩安娜只得七歲，年紀真的太小，故警方也不敢怠慢，派出警員四出搜索，可惜都無功而返。

就在警方苦無辦法之時，卻有一名女子突然造訪警局，還交代了一件駭人的事情：「我未婚夫出事了，他殺了安娜。」

原來當日早上，睡醒了還在生氣的安娜，為了賭氣而不去上學，反而打算跑到附近去找朋友玩。然而，她的朋友都跟她年紀相當，都要上學的啊！安娜朋友沒找到，結果自己在家附近蹓躂，結果遇上了住在附近的克勞斯．格拉博夫斯基（Klaus Grabowski），當時三十五歲，是一位有性侵前科的屠夫。

安娜當然不知道眼前的是一名前性侵犯、是一名危險人物，她只認得克勞斯是附近的街坊，不算陌生人。

克勞斯亦認得安娜——那個出了名，酒吧裡的可愛小女孩，見獵心喜的克勞斯就問起安娜，要不要到他家裡玩貓。

現在的女生大抵都知道當一個男生叫她到家裡看貓，而那貓是懂得打後空翻的話，那男生一定有不軌企圖。但安娜身處的是八十年代，加上她不過是個七歲的小女孩，她真天真地相信了克勞斯的話，當她走進屋內之後，就再無法走出來了。

克勞斯不單性侵了安娜，還用絲襪勒死了她，最後將屍體放進紙箱，丟到附近的運河邊，而他在事後向未婚妻坦白了一切。

警方聽罷大為緊張，立即派人偕報案女子回她的住所，想要拘捕克勞斯，沒料卻遲了一步，早已人去樓空。

不過，克勞斯似乎沒想到這邊廂才告訴未婚妻真相，那邊廂她就前往警局告狀，竟留下一張字條給未婚妻，上面寫道：「親愛的，我在Zolln酒吧等妳，想跟妳好好聊聊，請務必前來。」

警方一方面立即派人前往酒吧，將克勞斯拘捕，另一方面則派人前往河邊搜索，果然找到了裝著安娜屍體的紙箱，屍體被人用繩牢牢綁住。

警方將克勞斯帶回警署問話，同時起他的底，發現他有性侵前科，犯案幾次，目標都是年輕女孩，其中一位比安娜還小，只得六歲，真是喪心病狂。你以為克勞斯會受牢獄之災嗎？他卻「聰明地」以精神病為由，逃過牢獄之苦，被判進入精神病院接受治療。

## 判入精神病院

病院一方在治療了克勞斯一段時間後，認為他有所好轉。但法院認為貿然放他重投社會始終有風險，於是便提出條件，除非克勞斯願意接受化學閹割，要不然不會放他自由。

克勞斯權衡過後，選擇接受，重獲自由。剛接受化學閹割後的克勞斯，的確不會如過去般突然湧起難以壓抑的性衝動，過了兩年平淡的日子。

然而，化學閹割壓抑的不過是克勞斯的肉身，卻遏制不了他的靈魂。克勞斯過了兩年「無聊」的日子，色心又再蠢蠢欲動，他在向一位泌尿科醫生了解有關化學閹割的詳情，才知道化學閹割並不如肉體閹割是永久的，而是可以逆轉的。

於是，克勞斯想了一個辦法，先向法院提出申請，說自己已經改邪歸正，並且找到了一位女友，希望組織家庭，但因為他被化學閹割，不能人道，所以要求進行逆轉治療，沒想到竟真的就被沒查清楚的法院批准了。

之後，克勞斯另找了一位泌尿科醫生，隱瞞了自己的性侵前科，謊稱自己是因為當露體狂被捕而進行化學閹割，但已改過自新，希望接受逆轉治療。

「一個人真的會因露械而被化學閹割這麼嚴重嗎？」這位

泌尿科醫生顯然想都沒想過這個問題，反而有點同情克勞斯，認為他那麼年輕就被化學閹割實在很慘，遂答應幫他治療。

克勞斯復原了，再次成為一隻專向女孩伸出魔手的惡魔。

克勞斯被捕後坦承自己是殺死安娜的兇手，但他推說自己是無心之失，一開始自己並沒有對安娜怎樣，沒料到安娜竟然勒索他，說如果不給她五便士，她就會告訴別人克勞斯摸她。

克勞斯因此急了，因為他有性侵前科，怕這麼被誣告鐵定會受牢獄之災，最後在爭執間錯手將安娜殺死。

到底要有多卑劣，才可以將姦殺小女孩的責任推卸到小女孩身上？

警方對克勞斯的辯解，連一個字都不相信，試問一個只得七歲的小女孩又怎懂得勒索別人呢？就當是克勞斯錯手殺死小女孩，那麼強姦呢？難道強姦又是不小心嗎？警方堅決將他送上法庭。

但克勞斯根本是個慣犯，他習慣應對警察，甚至清楚法律遊戲的玩法，懂得裝瘋扮傻，之前他就憑精神病為由來免掉牢獄之災，這一次又想故技重施，辯護律師以克勞斯在接受化學閹割後產生副作用，令他的荷爾蒙失控為由來為他脫罪。

這番言論在庭上、社會上都激起了熱烈的討論，甚至牽扯到政府的責任，因為當時並沒有專責部門追蹤跟進這些受了化學閹割的罪犯，到底之後的生活如何，誤以為只要一旦進行了化學閹割就一勞永逸。

很多人都擔心歷史將會重演，克勞斯將會再一次逃過法律的制裁，這些人當中包括了瑪麗安。因此，瑪麗安下定了決心，將會做一件轟天動地的事，以慰愛女在天之靈。

3月6日，來到審判的第三天，瑪麗安一大早就來到法庭門外守候，等到克勞斯被帶到被告席坐下時，身穿大衣的瑪麗安隨即入內，逕自走向被告席，在距離約三米外站好，俐落地掏出一柄點二二口徑手鎗，對著被告席上的克勞斯一次過將彈匣裡的八顆子彈全部轟掉，動作一氣呵成，毫不猶豫。

瑪麗安完成任務之後把鎗扔到一旁，舉起雙手投降，不單沒打算傷害其他人，甚至乎不想在場的其他人難做。

而就在瑪麗安得手之際，場內傳來幾聲高呼說：「她做到了，她做到了！」似乎早就知道瑪麗安會這樣做，而說這話的人正是安娜的父親，亦即瑪麗安的前男友。

克勞斯身中七鎗（瑪麗安有一鎗打歪了），當場身亡，真是大快人心，至少筆者如此覺得。

這事件在當時十分轟動，有人支持瑪麗安為女兒報仇，亦有人認為她無視法律，是個冷血殺手。

筆者認為說到無視法律，瑪麗安真是拍馬都追不上克勞斯。至少，瑪麗安成功復仇後束手待斃，甘願接受法律制裁，她意識到自己正在犯罪，只是非如此不可。但克勞斯卻一而再、再而三的犯案，並且絞盡腦汁，想要逃過法律制裁，這才令人覺得法律無法制裁他，唯有私了。

當時就有很多德國民眾支持瑪麗安，特別是同樣身為父母的人，都認為「如果換做我，我也會這麼做」、「她只是一個可憐的母親」、「一心想為愛女報仇並沒有什麼錯、所以她沒有什麼罪」等，民眾還發起捐款，共籌得十萬馬克，讓她應付訴訟，在那個年代並不是一個小數目。

「瑪麗安沒有什麼罪」這句話真是說到了筆者心坎，的而且確，她犯法是事實，但能把她說成是罪人嗎？

最終，雖然克勞斯罪大惡極，但在法律上由於無罪假定的關係，他依然未定罪，沒有人能夠未審先判。所以，就算民情洶湧，瑪麗安支持者眾，瑪麗安依然被送上了法庭。但她將會被告什麼罪呢？

控方指出，手鎗是瑪麗安在事發後買的，她還刻意在酒吧的地窖裡練習射擊。另外，在她行兇後，她的前男友在現場高喊「她真的做到了」，意味著她早有預謀，前男友一早得悉她的計劃。

但瑪麗安解釋購買手鎗是為了保護自己，否認曾作射擊練習。當日出手是因為克勞斯誣蔑女兒勒索他，令她怒不可遏，失去理智。

不是有句說話叫「以魔法打敗魔法」嗎？亦即是以其人之道，還治其人之身，既然當日克勞斯可以以精神問題來脫罪，為什麼瑪麗安就不可以呢？

辯方律師提出，瑪麗安犯案時精神極不穩定，女兒慘死後她曾先後五度嘗試自殺，因思念女兒而精神恍惚，不時出現幻覺，瑪麗安更聲稱以為自己是在夢中殺死了克勞斯，連醫生和心理學家都認為她內心受了極大的創傷，不堪刺激。

最終，經過二十五日的庭審，法官認為瑪麗安雖然犯了法，但她對社會不構成威脅。她是因為女兒被姦殺而令精神受了無可估量的傷害，才會在極大刺激下不自覺地開鎗，所以謀殺罪名不成立，但過失殺人和非法管有槍械罪名成立，被判監六年半，並在三年後假釋出獄，算是網開一面。

這判決在當時引來了相當熱烈的討論，有人認為判罰過輕，有人認為判得過重。

多年之後，瑪麗安在一個電視節目中承認，自己是經過深思熟慮才開鎗的，因為她必需這麼做。

至於她這樣做是否正確，就留待讀者自己思考並下判斷吧！

# 變態教練迷戀小男孩學生
# 自責父親鏡頭前手刃仇人

剛剛提到，瑪麗安的案件引發眾議，對刑期、對法律、對公義等的討論，我相信德國法院當時亦十分頭痛，因為結果將會成為案例，的確不能疏忽。雖說當時民情洶湧，法院承受一定輿論壓力，但理論上法院是不應管輿論方向，結果判決給我的感覺算是有權衡輕重，盡量不做壞規矩，同時亦做到法律不外乎人情這點。

當然，筆者認為若然能判更輕就最好不過了。

接下來說一宗相類的案件，雖然不是謀殺案，但結局有點相似，它發生在美國，其時為1984年。

2月19日，一名叫朱恩・普洛奇（June Plauche）的女子報警，稱自己的兒子祖迪・普洛奇（Jody Plauche）已經失蹤了一日一夜。

朱恩稱在昨日上午八時許，祖迪的空手道教練杰夫・杜塞特（Jeff Doucet）來到他們家裡，稱空手道館來了一批新器材，問祖迪是否有興趣去試玩一下。

由於祖迪已經跟杰夫學了一段時間的空手道，而且杰夫十分喜歡祖迪，對他愛護有加，經常帶他到處玩，既然大家都是熟人，所以朱恩並沒想太多，爽快同意，她又怎會想到，兒子這一去，竟歸家無期。

其實朱恩發現兒子遲遲未歸，第一時間並不是報警，而是和丈夫加利·普洛奇（Gary Plauche）商量後，先聯絡杰夫，畢竟是他帶走祖迪的嘛！

兩人聯繫不上杰夫，於是上門尋找，到其住所和空手道館尋找也不見人影，於是才決定報案。

警方聽畢兩人的敘述後，認為空手道教練杰夫存在極大嫌疑，這很可能是一宗綁架案。

加利卻不敢苟同，認為警方捉錯用神，深信杰夫絕不會綁架自己的兒子。因為祖迪已跟杰夫學了足足一年的空手道，一直以來杰夫對他愛護有加，已經不是第一次帶他去玩，若真要綁架他也不用等到今時今日。加利更加傾向相信他們是外出時發生了意外，例如交通意外。

然而，警方在路上搜索了幾天也毫無發現，亦沒有收到相關的交通意外報告。

十日後，案件終於有點眉目，加利收到了杰夫打來的電話，亦知道了自己先前的推測有誤，若杰夫真有意外，現在也不會致電過來，而如他沒有不軌企圖，一早就打電話來了。

不過，到底杰夫想要做些什麼，對這刻的加利來說都不是最重要，他只想先確認兒子的安危以及身在何方，但杰夫面對加利的提問沉默不語，未幾就掛斷了電話，沒有留低片言隻語。

加利以為就這樣斷了線索，杰夫也天真得以為不會留下痕跡，沒料到警方只憑那一通短促的無聲電話，已瞬即追蹤到訊號來源，竟然是來自兩千公里外加州的一間酒店。

警方火速趕到該酒店，鎖定杰夫身處的房間後破門而入，不幸中之大幸的是祖迪仍然在生，而且看上去並無大礙。

那麼，到底杰夫為什麼要綁架祖迪呢？

原來，杰夫是個同性戀童狂，自從他第一次見到祖迪時已迷戀上對方，在及後一年多的時間裡藉教空手道為名經常對祖迪做一些猥褻的事。

由於當時祖迪只得七歲，他並不明白杰夫做的是猥褻行為，雖然心裡感到不舒服，但不敢反抗，他甚至天真得以為那些動作是空手道的一部份。

事後，有專家指出杰夫是典型的「誘惑型」戀童癖者。他擅長與孩子交往，用禮物、關注和權威贏得信任，同時挑選那些缺乏家庭關係或易受影響的孩子作為目標。他跟目標表面上是親密的訓練，實際上隱藏著犯罪意圖。

杰夫對祖迪的迷戀亦越來越嚴重，終於忍不住要將他據為己有，於是綁架了他，遠走高飛，並以祖迪的父親自居，所以才會跑到二千多公里外，找個沒有人認識他們的地方，還特意為自己和祖迪改變外觀打扮，將祖迪的頭髮由金色染成黑色，希望掩人耳目。

祖迪仍沒有意識到杰夫的企圖，只是時間久了開始想念家人，因而情緒不穩，開始哭鬧，杰夫苦無辦法下唯有打了通電話給加利，或許只是想讓祖迪聽聽父親的聲音，不過他事後後悔不已，正因這通電話而失手被捕。

杰夫被捕後坦承了一切，他在綁架祖迪的日子裡，幾乎每日都對他持續性侵，讓祖迪內心留下了永不磨滅的可怕痕跡。

加利作為父親，得悉真相之後感到痛心疾首，他恨自己送兒子去學空手道，恨自己沒有及時制止，因為祖迪其中一個叔叔曾目睹過杰夫在送祖迪回家時親吻他，不是禮貌性那一種，而是令人感覺不雅的那種，而且曾就此事告訴加利，叮囑加利要多加留意。但那時代的人對戀童癖認識不深，加上杰夫是知名教練，平日一副道貌岸然的樣子，加利竟對他深信不疑，認為只是因兩人稔熟，杰夫才會過於熱情。結果，加利親手將兒子繼續送到惡魔的身邊，任其蹂躪。

事情發展至今，杰夫當場就逮，眼看法網難逃，但根據當時的美國法律，杰夫所犯的罪頂多只會被判多則五年、少則三年的監禁，根本遠遠不足以抵消他的罪。

在案件中最主要的受害人當然是祖迪，他在童年受到這樣的對待，心裡的陰霾可想而知，這很可能會影響他的一生，成為他一生的夢魘。但他的爸媽亦不好過，特別是加利，他陷入了深深的自責之中，他甚至認為自己是將兒子推進深淵的幫兇之一，他沒辦法原諒自己。

這個時候，加利了解到杰夫很可能被關幾年就能回復自由身，而且他由始至終沒有表示歉意，加利心中因而暗暗埋下了復仇的火種。

後來經警方深入調查，發現受害者根本不只祖迪一人，在杰夫的空手道館裡，有不同的孩子稱同樣受到杰夫猥褻對待，就連杰夫自己亦曾承認不只向祖迪一人伸出魔手，只不過礙於時間久遠，證據不足，難以起訴。但可以肯定的是，他從來沒有悔改，讓他重獲自由，只會是放虎歸山，就如上一宗案件裡提到的克勞斯一樣。

加利知道之後，心想既然法律無法適當制裁杰夫，儘管會賠上自己的人生、儘管死後要落地獄都好，也決定用自己雙手讓杰夫得到應有的懲罰。

## 電視台全程跟拍

1984年3月16日，晚上九時許，警方將杰夫從加州押送回路易斯安那州受審，由於案件十分轟動，所以有一電視台全程跟拍。

杰夫終於在警務人員押解下出現，從鏡頭裡可以見到杰夫不單絲毫沒有慚愧之情，而且面帶微笑，狀甚輕鬆，看似

案件十分轟動，一間電視台全程跟拍。

根本不把犯下的一切及將接受的審判當回事，讓隔著鏡頭看見的觀眾們都感到憤怒。

然而，杰夫的從容並沒有維持很久，鏡頭清楚拍攝到，在杰夫與相關人員經過一列電話亭時，一名頭戴鴨舌帽，緊握手鎗的男子從後掩至，並在近距離下毫不猶豫地向杰夫的頭部射擊，發出了「嘭」的一下鎗響。

杰夫應聲倒地，太陽穴被擊中的他翌日就死在醫院裡，算是為他的罪業付上代價。

兇徒在完成任務後立即把鎗丟掉，完全沒有打算傷害其他人，亦沒有反抗的打算，很合作地被警察們拘捕。

拘捕兇徒的警察馬上認出了他就是加利，驚訝地問：「為什麼你要這樣做？（筆者按：這還用問？認真的嗎？）」

鏡頭裡的加利沒有說話，反應十分平靜。

警察們對待他亦不如平日對待其他兇徒般，在把他拘捕時還帶著幾分惋惜，又或者幾分諒解。

不管加利得到幾多諒解與同情，但他在眾目睽睽到被電視台拍下了殺人過程的情況之下，亦未可避免地被送上法庭，被控一級謀殺，他的下半生很有機會都要在牢獄裡度過。

加利被問到是否後悔時，斬釘截鐵地說：「我不後悔，我身為一名父親，這是我必須要做的事情。」說到後來，加利提到一些童年往事，原來他小時候因為身型瘦小，經常被同學欺凌，讓他自信心低下，過了一個不愉快的童年。直至長大後加入軍隊，操練出壯碩身型，才回復自信。而當他見到祖迪在事後從一個活潑的男孩變得鬱鬱寡歡，他知道兒子受到了很大的創傷，他不想兒子像自己一樣帶著心魔去度過童年，才毅然決定要殺死杰夫。

加利本已經做好賠掉下半生的打算，沒料到事情卻迎來轉機，他殺人的片段雖然讓全國人都看見，但他和祖迪的故事亦同樣讓全國人知曉，並得到絕大多數人的同情，為他而撰寫的求情信如雪片紛至，法庭收到了上萬封的求情信，連信箱也塞爆。

這些求情信不只來自普通市民，有些甚至是媒體、甚或名流紳士和在社會上有地位的人，他們都口徑一致，就是希望法庭從輕發落，赦免加利這個可憐父親的罪。

加利不單沒被民眾當成罪犯，甚至開始把他塑造成一個英雄。

同時，有多達五名的心理學家對加利進行評估，認為他因為兒子受辱而讓他出現了嚴重的心理問題，當中心理學家愛德華（Edward P. Uzee）認為加利在得知孩子被虐待後陷入「隨機性精神病狀態」，無法分辨錯誤，在這情況下殺人，應該算是誤殺而不是謀殺。

最後，法庭採信了專家的意見，認為加利在心理狀態出現嚴重偏差才會犯案，加上他重犯機會極低，對社會不存在危險性，遂判他有期徒刑七年，但緩刑五年，另加三百小時社會服務令。

這個判決不單是從輕發落，簡直是皆大歡喜，加利被當庭釋放。

當然，社會上依然會有反對的聲音，特別是杰夫的家人，認為這樣無疑是剝奪了杰夫接受審判的權利，批評法庭是受不了輿論壓力才會這樣輕判。

老實說，若果我有家人這樣不只一次猥褻兒童，最終被復仇怒錘所殺，我絕對不會為此嗆聲，要知道杰夫是承認了自己的惡行，只欠判決而已。

至於加利，雖然他避過牢獄之災，但他所要面對的難題可多著，首先，他要面對祖迪。雖然加利認為自己是為了祖迪而將杰夫殺掉，但這卻並非祖迪所願。在祖迪之後出版的書中曾經提過，他並不希望自己的父親殺死杰夫，其實他只想不要再受到凌辱而已。祖迪為父親的行為感到生氣，甚至與之吵架，父子關係一度跌落谷低，最後用了很多年來修補。

這大概是加利行動前萬沒想到的吧！他明明覺得自己是為了兒子而做的，甚至願意賠掉自己的人生，但到頭來卻不是兒子想要的，真是諷刺。不過，筆者認為他為民除害卻是不爭的事實，甚至有人聲稱加利的舉動是「節省納稅人的金錢」，這亦可能是民眾們願意為加利成立基金，籌保釋金和募訴訟費的原因。

祖迪雖然曾一度生了父親加利的氣，最後兩人都冰釋前嫌，關係回復如初。祖迪亦在父母的陪伴下勇於面對過去，成功將創傷轉化成動力，邁步正向人生，長大後進入了路易斯安那大學，獲得心理學、語言傳播和哲學學位。畢業後投身有關預防暴力的工作，曾在賓州蒙哥馬利縣受害者服務中心擔任性侵顧問七年。及後還出版書籍，講述了自己的經歷並教導家長如何識別性侵者。他強調，受害者可以克服創傷，重新定義人生。

2024年接受採訪時，祖迪表示對生活滿意，稱父親是「世上最偉大的爸爸」。

# 惡魔肆虐貧民窟
# 慘遭斬殺法庭內

看奇案，不時會見到很多強暴案、姦殺案等，每一宗都令人髮指。若要將它們以程度區分，可能會是輕度、中度、重度和印度。

提起印度，就香港人而言，最出名的大概有三件事，咖哩、瑜珈、強姦。這樣說雖然好像有點政治不正確，不知何時開始，印度在香港人心中成為了一個強姦大國，當你聽到身邊有女性朋友要到印度旅遊，你都會勸她小心，千萬不要獨自前往，因為大家都聽過不少女遊客在印度旅遊時慘遭強姦、甚至輪姦，最後客死異鄉。

根據聯合國犯罪與犯罪問題辦公室（UNODC）及多個權威機構截至2024年的統計數字，強姦案發生率最高的五強國家，竟然沒有印度的份兒，可能會令不少香港人大跌眼鏡。

不過，這並不是沒有原因的。

首先，頭三名都是非洲國家，第一位的波札拿（Botswana）和第二位的賴索托王國（Kingdom of Lesotho），可能很多讀者連聽都未聽過，是位於非洲內陸的小國，算得上化外之地、蠻荒世界，在那裡發生什麼事都不出奇。據講那裡罪案率奇高的原因是貧窮，連警察和法官都請不起。

第三位是南非，那裡治安不好相信大家都有耳聞，特別是當年舉辦世界盃時，都聽過不少當地治安欠佳的消息，據數字指當地有四份之一的男性曾犯過性罪行，十分誇張。

第四位是百慕達，這地方則很多人都聽過，但不知道在哪裡的國家，她是英屬領土，排第四並不是因為那裡無法無天，很可能與基數小有關，因為那裡人口少，只要發生幾宗個案，就會令她的平均數值急升。

第五位或許會令你意想不到，是瑞典，可能你會問：「咦？瑞典不是發達國家嗎？為什麼？」這與瑞典的強暴定義和高報案率顯著偏高有關。瑞典性別平等意識強，只要女性任何時候說不，很可能就會構成性侵罪，可能大家都會聽過在瑞典甚至會在交歡前填寫同意書，保障雙方利益。而且女性主義抬頭，讓女性更願意報案，所以才會令瑞典的數字偏高。

筆者認為剛提到的最後一點尤關重要，女性是否願意報案真的很影響統計數據，以下提到發生在印度的個案，有至少四十名女性被強暴卻礙於男尊女卑，加上對方是當地惡霸，又有警察包庇，加上種性制度問題，結果她們都敢怒不敢言。筆者相信，這個案的例子在印度不過冰山一角，若將全部都算進統計數字裡，真是鹿死誰手，或未易量。

咦？不是講謀殺案嗎？

放心，有的，被殺的正是強姦犯本人。

事發在印度中部的一個城市卡斯圖巴．納加爾（Kasturba Nagar）內的貧民窟。印度的貧民窟根本是個魔窟，裡面住的全是「達利特人」，亦即在印度種性制度中最底層、亦即最低賤的人。他們被認為是「不可觸碰」（Untouchable），這些人因貧窮和社會地位低下，難以獲得司法保護。換句話說，在他們身上發生什麼事都好，根本不會有人理。

在這個根本沒人想去的貧民窟，卻住了一個非達利特人，他就是本案的主角——阿庫．亞達夫（Akku Yadav），本名是巴拉特．卡利查蘭（Bharat

無法無天、橫行無忌的阿庫．亞達夫

Kalicharan）。

阿庫所屬種性比達利特高，只不過家道中落才會搬到貧民窟去住，但他依然覺得自己高人一等，想在貧民窟裡當大爺，作威作福。

家道中落，父親早逝，阿庫跟隨家中幾位哥哥踏入歪途，最初他只是幹些偷雞摸狗的勾當。

1991年夏天，阿庫偕同四名同夥潛入一處工地打算偷竊，沒料到卻無意碰上一對達利特情侶。阿庫見該女子有幾分姿色，色心立起，竟決定將之就地強姦，這亦是他成魔的第一步。

阿庫事後雖然被送進監獄，但只是象徵式的坐了幾個月牢，這不但起不了懲治他的作用，甚至讓他明白到，原來強姦一個達利特女人也沒什麼大不了，讓他之後更肆無忌憚。

阿庫出獄後並無收斂，反而變本加厲，招兵買馬，建立起地方幫派，成為貧民窟惡霸。幹起殺人越貨的事，錢賺得多之餘他這次學精了，把搶來的錢都留一份給警察，以後就能夠更加肆無忌憚。

1997年6月，阿庫殺死了一名叫做阿維納什的男子，以為他們有什麼不共戴天之仇嗎？不，阿維納什甚至對阿庫有恩。因為就在不久之前，有個名叫阿莎的女人看不慣阿庫淫辱婦女，竟然買兇殺他，雖然沒有成功將他當場了帳，但亦重傷了他。眼看阿庫就要失血過多而死，捐血救他的正是阿維納什。阿維納什亦是該區三大惡勢力的龍頭之一，阿庫康復後不單沒有感恩，反而為了擴張勢力而殺死阿維納什，由於阿庫一直以來都有搞好警民關係，所以就算殺了人也僅坐了十個月牢又重獲自由了。

監禁並沒有讓阿庫學乖，反而令他覺得殺人沒什麼大不了，所以他出獄的第一天就去找阿莎的晦氣。阿莎表面上是個洗衣店老闆，卻暗地養著一班亡命之徒，她之前派人收拾阿庫失敗，沒料到最終竟被反殺，阿庫付出的代價不過是十八個月的牢獄之災。

## 仇家眾多

殺完一個又一個，雖然阿庫因此坐了兩年多的牢，但敵人減少了，讓他出獄後再無敵手，勢力日漸壯大，越發橫行無忌。由於他經常對女性施暴，當地的居民又不敢招惹他，有能力搬走的都搬走，沒能力搬的甚至閉門不出，女學生根本不敢上學，晚上六時後猶如宵禁一般。

然而，總不會所有女人都躲在家裡，當中一位名為烏莎・納拉亞內（Usha Narayane）的女子進入了阿庫的視線。

烏莎在該區說得上是一名知識分子，修讀過酒店管理，在該市一間高級酒店當領班，偶爾會無可避免地夜歸，而且還會穿著酒店的制服。

某晚，阿庫碰巧遇上烏莎，受不住制服誘惑，馬上尾隨，圖謀不軌。

幸而烏莎發覺得早，機警地加緊腳步，逃回家中，避過一劫，恨得阿庫牙癢癢的。

烏莎不愧是知識分子，知道一旦被阿庫盯上，可沒那麼容易脫身，遂決定反守為攻，主動出擊，翌日就去找那些曾被阿庫性侵過的女性一同到警局報案。

警方礙於報案的人數眾多，也感到難辦，於是通知阿庫叫他自己「處理」。

於是阿庫就於當晚帶同四十人到烏莎住所找她晦氣。

烏莎當然不會傻得開門與阿庫見面，只是死守家裡。

阿庫見狀拍門恐嚇，說要取烏莎性命，甚至威脅說要潑她強酸，要她死得很慘。

烏莎雖然堅守不出，但繼續僵持下去，若被阿庫破門而入，只怕也是死路一條。

就在阿庫快將破門而入之時，附近一位曾被阿庫侵犯過的女子，不知是救人心切還是忍無可忍，竟忽然持菜刀自家裡衝出，想要去砍死阿庫。

萬事起頭難，一旦有人願意挺身而出，簡直一呼百應，又或者附近的居民早就忍無可忍，竟然全部都手執武器一同衝出，要取阿庫狗命。

阿庫雖然帶同了四十名手下，但居民們瞬間已集結了超過一百人，大出阿庫意料之外。阿庫是那種慣了恃強凌弱，欺善怕惡的人，刻下對方人多勢眾，嚇得他慌忙而逃。阿庫這樣的一個惡人，危急時竟被他想到跑進警局找警察保護這一招，真是荒天下之大謬。

然而那幾百人並沒就此散去，就在警局外守候，阿庫見狀知道在警局裡避得一時避不得一世，又被他想到另一妙計，暗忖自己犯案纍纍，隨便找一宗案件來自首，先進監倉避避風頭再算，反正警局外那班人不可能每天都集結在一起，等他出獄後再逐個復仇不遲。

阿庫算盤打定，竟真的向警方自首，但無論是哪一條罪都好，總不能直接攆他進監獄，怎都要先進地方法庭進行審訊。

2004年8月13日，阿庫被送入法庭時，法庭外早已聚集了幾百人，無獨有偶，這幾百人竟然全部都是阿庫的仇家。這個時候，都不知說阿庫不知死字怎麼寫，還是說他太過相信警方的力量，他在走進法庭前，竟然向庭外的人群作出挑釁，說自己出獄後一定會找他們報仇，把他們一一殺死。

阿庫沒想到這番挑釁，將會成為壓死他的最後一根稻草，民眾徹底暴怒，已管不得現場有警察，立馬就要置阿庫於死地。

阿庫在警察的掩護下走進法庭並鎖上大門，但這道門可阻擋不了幾百人沖天的怒氣，不消一刻就被打破。

警察們明白眾怒難犯的道理，加上阿庫亦非什麼好人，不值得保護，於是亦不打算阻止衝進法庭的民眾，以免殃及池魚。

結果，阿庫被砍七十多刀，全身連同他的下體亦被砍得血肉模糊，慘死庭內。

事後，警方逮捕了五名女性，後來擴大到廿一人，法院指控他們謀殺、暴動等罪名。當地民眾知道後，不但沒有打算獨善其身，還有超過二百人向警方自首，表示「要抓就全抓」。這種集體承擔責任的行為讓警方無從下手，最終以缺乏具體證據（如凶器或血跡）為由，所有被捕者最終在2014年11月無罪釋放。

事件結束後，民眾到街上歡慶得到勝利，載歌載舞並分發水果，認為正義得到彰顯。

正義雖然沒有缺席，但來得真有點遲，阿庫的罪名真是一匹布那麼長，除了殺人越貨、打家劫舍、擄人勒索外，他強暴的女性還包括只得十歲的女童以及孕婦（最終導致流產）、他還曾縱火、虐待動物等，用無惡不作來形容實在適合不過，難怪整個印度都沒有人替他說話。

阿庫彷彿就是一個唯恐天下不亂的存在，在生時嚇人，死後亦然。一些居民聲稱在晚上聽到奇怪的聲音，特別是在阿庫曾經活動的巷弄和被燒毀的房子附近，聽到阿庫的靈魂在懺悔，喊著他在法庭上最後一刻的求饒：「原諒我！我不會再犯了！」就算這是真的，這時才認錯也真是遲了一點，地獄的大門早已為他打開了。

另外，有居民聲稱在午夜聽到敲門聲，但開門後卻空無一人，相信那是阿庫的鬼魂回來尋找有份殺他的人。

阿庫彷彿是當地居民一個永抹不去的夢魘，這些聲音讓部份人感到恐懼，尤其是曾經參與私刑的女性。她們開始在家中供奉小型祭壇，祈求神靈（特別是當地信仰的卡利女神）保護，認為阿庫的靈魂可能帶著怨恨回來復仇。

有傳言說，一名參與私刑的女性在事後幾週內精神失常，聲稱看到一個模糊的身影站在她的床邊，手持刀指向她。雖然這可能與創傷後壓力症候群（PTSD）有關，但當地居民更願意相信那是阿庫的鬼魂。

關於阿庫的後續靈異事件還有很多很多，包括他的遺物化成咒物、他被殺的法庭出現的怪事等等，有興趣的讀者們可以上網找找看啊！

# 老實男子主動自首 謊稱無心夢中殺人

我第一次聽到夢中殺人，是在看《三國演義》時，故事中提到生死多疑的曹操怕人暗算，沒事就吩咐左右說：「吾夢中好殺人；凡吾睡著，汝等切勿近前。」

某天，曹操睡到一半時踢被子，旁邊的侍從好心幫他蓋被，結果曹操突然躍起，信手就拔劍將侍從斬了，更誇張的是斬完便上床繼續睡覺。到睡醒後見床邊躺著一具屍體，竟問：「何人殺吾近侍」，彷彿完全不知道是自己所為。讓大家都以為曹操真的「夢中好殺人」。

只有楊修在參加葬禮時說了句：「丞相非在夢中，君乃在夢中。」，這或許亦是引發之後「楊修之死」的其中一個原因。

不過，我們都知道《三國演義》只是小說，不是史實，現實中真會有人在夢中殺人嗎？

答案竟然是真的有。

事發在1987年5月24日凌晨五時許，加拿大多倫多的一間警局，突然走進一位滿身鮮血，神色帶點慌張的男子，亦即本故事的主角肯尼斯・柏克斯（Kenneth Parks），他對警察說：「我想我殺人了，殺了我的岳父岳母……」

我想？殺人的事，有就有，無就無，為什麼說得那麼不肯定？

警方也想弄清楚到底是怎麼回事，於是在肯尼斯的帶領下來到他岳父岳母的家。

現場血跡斑斑，年約五十多歲，一男一女分別倒在客廳地板，他們正是肯尼斯口中的岳父岳母。

肯尼斯・柏克斯

隨行醫生經檢查後發現女子身中四刀，並被鈍器多次打擊，當場證實死亡。男子則身中兩刀，頸有勒痕，卻一息尚存，馬上被送到醫院進行搶救。

同一時間，肯尼斯被帶回了警署接受盤問。

肯尼斯對於自己殺人一事，一如自首時一樣直認不諱，卻堅稱自己不知道事發經過，以為一切都是夢境。

肯尼斯試著詳細交代事發前後的事，據他稱就在事發當晚，他的太太和兒子九時未夠就去了睡覺，而他則獨自一人在沙發上看球賽，看著看著就在不知不覺間睡著了。

肯尼斯記得自己睡著後就做了一個夢，他在夢裡開車到岳父岳母家，然後用備用鑰匙開門入屋，正在卧室裡的岳父聽到聲音出來看個究竟，見到來的是自己的女婿。雖說是自家人，但見女婿大半夜跑來仍然有點錯愕，就問肯尼斯來幹什麼？

肯尼斯沒有回答岳父的提問，二話不說就拿出一根鐵筆勒住他的頸項，很快就把他勒昏過去。

這個時候，岳母因聽到嘈雜聲也從卧室出來了，她看到眼前景象，還未弄清楚發生何事，已被肯尼斯拿著鐵筆襲擊，亦當場昏倒。

接下來，肯尼斯來到廚房，拿起菜刀，向岳母刺了四刀，又向岳父刺了兩刀，然後還意猶未盡，手持鐵筆來到屋內另一房間外，亦即他兩名姨仔的房門外，準備對她們猛下殺手。

但就在要破門而入前的瞬間，肯尼斯卻猛然從夢中醒來，看著自己滿手鮮血及躺在地上的岳父岳母，這才意識到自己的惡行，一切不是夢境而是現實，於是才有先前提到慌忙跑到警局裡自首一幕。

警方除了將肯尼斯所說的一切記錄下來，亦將他講述時的表現看在眼裡，感覺他情懇意切，不似編撰謊言，但夢中殺人畢竟有如天方夜譚，讓人難以置信。

原本，此案的案發時間、行兇過程都十分清楚，兩件兇器亦已經找到，事實明確，所有人都以為判案並沒什麼懸念。

然而，一個人的供詞，卻讓案情徹底翻轉。

肯尼斯的岳父丹尼斯（Denis Woods）被搶救後從重傷中恢復過來，供稱肯尼斯行兇時目光呆滯，屢叫不應，感覺是一具沒有靈魂的行屍走肉，真有幾分似在夢遊中。丹尼斯還說肯尼斯與他們一家關係融洽，自己把他視如己出，雖然事實擺在眼前，但他並不相信肯尼斯有意危害自己。

丹尼斯的證供實在大出執法人員們的意料之外，因為丹尼斯不單自己身受重傷，他的妻子甚至不幸逝世，他理應對肯尼斯恨之入骨，巴不得給出能一口咬死他的證詞，但他並沒有這麼做，因為他真的相信肯尼斯這麼做並非出於本意。

這麼一來，又回歸同一個疑問，人真的有可能在夢遊時殺人嗎？

甚或，人真的會夢遊嗎？

法官決定尋求專家意見。

一般人對夢遊的認知，通常是人在夢中做一些無解及重覆的活動，例如起身在家裡行來行去，重覆打開及關上門等，感覺對人無害，而且並不是複雜的操作。

但肯尼斯不單從沙發中爬起身來，還開了廿三公里的車，從多倫多東部的士嘉堡（Scarborough）到岳父位於皮克靈（Pickering）的家，過程中未撞車或違規。開車這種行為，可是很多人在清醒時也難以做好的，何況在睡著的情況下？

而肯尼斯不單開車，還殺了人，這同樣是很多人在清醒時都難以下手的。

同樣道理，夢遊時真的有可能殺人嗎？

法庭找來的五位腦神經專家卻表示——有可能，還搬出了案例。

根據當時記錄，在十七年前就曾經有一名加拿大青年，經常會在夢遊期間起身做菜，不單種類多樣，而且色香味俱全。要知道做菜是極複雜的行為，有看過《美女廚房》就知道，很多人在清醒時都做不好，遑論在夢遊時？

專家們想帶出的是，不能單單因為複雜性就否定是夢遊。

## 家族夢遊症病史

你又會問，雖說是有先例，但十七年前那個人會，不代表肯尼斯也會啊！若只因有先例就可以拿來開脫，不就每個人都說自己在夢中殺人嗎？

是的，的確不是每個人都可以以此來抗辯，但肯尼斯可以。

為什麼？

肯尼斯正是專家們提到的那位案例青年的兒子，專家認為肯尼斯遺傳了爸爸的夢遊症。因為不單只他們兩父子，而是整個家族都有夢遊症病史，肯尼斯的姐姐就曾經夢遊時走入湖中。

肯尼斯的妻子海倫亦供稱，丈夫的確經常夢遊。

丹尼斯與海倫的作供，加上專家的意見，令肯尼斯夢遊殺人的可能性急遽上升。

但法庭不能單單這樣就下定論，還要看很多其他因素，例如動機。

丹尼斯和海倫已說過他們一家人的關係融洽，而他們的鄰居、親友、同事等都可以作證。

不是情仇的話，會不會是為錢呢？

調查發現肯尼斯當時正陷入財政困難，生活上都要靠岳父母的支援，那麼會是因為錢銀而殺人嗎？例如保險金或遺產繼承。

這麼一來，肯尼斯為錢殺人的動機看來又成立了。

不是這樣的，因為經警方查證，丹尼斯夫婦並沒有購買任何保險，故肯尼斯絕不可能是保險受益人。而丹尼斯夫婦最近正準備賣掉旗下房產來為肯尼斯還高利貸，這麼一來若把他們殺掉，房產反而會由三名子女平分，肯尼斯只會得不償失。再加上先前提到，肯尼斯一直賴岳父母金援以生活，殺了他們反而更加沒錢，所以為錢殺人的動機並不成立。

世上真有這麼好的岳父岳母嗎？

丹尼斯亦不是無緣無故對肯尼斯那麼好的，對他來說，同樣視肯尼斯為恩人。

原來海倫年青時是個叛逆青年，令丹尼斯夫婦十分頭疼，是肯尼斯將誤入歧途的海倫帶回正軌的，加上肯尼斯十分孝順，所以才深得兩人的心，把他視如己出。

及後，專家們為了進一步證實肯尼斯患有夢遊症，做了不同的測試，其中一項就是測量他睡覺時的腦電波活動。睡眠分為淺層和深層，可以從腦電波活動看得出來，如果人在深層睡眠時會比較難醒，所以現在有種說法是愛懶床的人應該計算自己的睡眠週期，選擇在淺層時起床就會較為容易。

專家發現肯尼斯在深層睡眠時腦波也會出現奇怪的變化，想要不斷從深層睡眠中醒來。很多時，這種強行轉醒，會令還在沉睡中的身體無法動彈，但意識卻異常清醒，亦即是進入了傳說中的「鬼壓床」狀態。

但肯尼斯則不同，案件發生時處於「自動狀態」（Automatism），即大腦運動區活躍，但意識和判斷力處於睡眠狀態。這狀態下的夢遊者能做出複雜的行為（如開車），但缺乏目的性和記憶。而在案發前，肯尼斯因負債壓力已失眠數週，並停止服用安眠藥，導致睡眠障礙。專家認為，這引發了他的深度夢遊。

因此，肯尼斯的辯護律師提出他犯案是「非瘋狂自動行為」（Non-Insane Automatism），主張是他在夢遊時缺乏犯罪的「自願行為」（Actus Reus）和「犯罪意圖」（Mens Rea）。律師強調，肯尼斯向警局自首和茫然的態度證明他無掩飾真相，與清醒兇手不同。

1988年5月25日，加拿大省高等法院陪審團裁定帕克斯無罪。法官認為，醫療證據充分，且無證據顯示他清醒。

檢方不服上訴，在1992年2月10日，終審維持原判，確認夢遊可作為完全辯護理由。

這些年來，這案件也引發了許多後續辯論，而筆者想到的則是，若夢中殺人可以成為抗辯理由，那麼通過催眠，讓被催眠者殺人的話，不就可以殺人後逍遙法外嗎？

不過我這種猜想似乎是多慮了，因早有專家指出，就算是多強力的催眠，都難以做到讓被催眠者殺人或自殺，因為這極端違反人的本性，會立即觸發清醒機制，讓人從被催眠的狀態下醒來。

你又覺得肯尼斯是真的在夢中殺人嗎？

# 父子網聘女殺手 錯信招搖修圖女

忘了是在什麼時候看到的個案，說有個男人，恨不得自己的丈母娘死，忍無可忍，但想到殺人這麼大件事，還是得請專業的來，於是就僱了個殺手。

殺手請男人放心，說自己絕對專業，能殺人於無影無形，絕不留下痕跡。

男人聽著放心，沒料到幾日後發現丈母娘死在他的家裡。男人大驚，立即聯絡殺手問清楚是怎麼回事？

殺手表明已經完成任務，的確殺人無形，不留痕跡。男人請他將屍體處理掉，殺手拒絕說那不是他的工作，他只負責「殺」的部份。

結果，男人唯有硬著頭皮自己處理屍體，結果在過程中出差錯，最終被捕。

殺人固難，請殺手也不見得容易，還要請個寫包單毀屍滅跡的則更難。

又來一個政治不正確的問題：「殺手到底該哪裡找？」

上網搜尋？熟人介紹？還是在街角看板留下暗號？

光明正大地上網搜尋怕且不行，因為很多都是警察假扮的，一經接觸，立即就逮。

熟人介紹也不行，即是多了個中間人，殺人越貨的事當然越少人知越好，等會除了要付掩口費，還隨時衰在豬隊友身上，實在不切實制。而且，你永遠不會知道中間有多少個中間人，等會原來中間人也是搭上搭，知的人就越來越多。

至於街角看板又或者火車站留言，現在應該沒有這些鬼東西了吧？

最大問題是，真的給你找到，你又如何知道這個殺手是否貨真價實呢？

接下來為大家說一宗發生在英國伯明翰的案件，五十六歲的穆罕默德・阿斯拉姆（Mohammed Aslam）及其三十歲的兒子穆罕默德・納齊爾（Mohammed Nariz），他們因要策劃謀殺一名服裝店老闆而煩惱筆者剛提到的問題——該到哪裡去僱用殺手呢？

在此之前，我們先了解一下他們倆為什麼要買兇殺人？

2018年7月某天，父子倆人到位於伯明翰阿盧姆岩路的一間服裝店購物，期間與店東發生爭執，初則口角，例牌繼而動武。兩父子以為二打一是吃定了對方，豈料對方的服裝店是家族經營，糾紛一起，店東的親友立即自四方八面冒出，人多勢眾，戰果顯而易見，兩父子均告受傷，落慌而逃。

奈何兩人沒有汲取教訓，一直懷恨在心，商議過後，竟決定買兇殺人。一般來說，這種談不上是理智的行為，只要多於一人知道，通常就會被終止。你很少聽到一個兒子想殺人，父親會表示支持；又或一個父親想殺人，兒子會表示諒解。顯然穆罕默德家的教育比較特殊，宗旨或許是不計後果，家訓可能是以暴易暴，總之此仇不報非君子。

上文提到，要找真正的專業殺手絕非易事，但竟然被納齊爾在網上找到了，而且還是個名叫艾米（Aimee Betro）的女殺手（筆者按：讀者年紀如我者，見到「女殺手」三字，可能就會有腦補的聲音響起）。

在這，先問讀者們一個問題，一個專業殺手，最應具備什麼條件呢？

熟悉武器運用？擁有良好體能和格鬥技巧？廣大的情報

女殺手艾米（Aimee Betro）

網？犯罪現場管理？

當然，以上提到的都有其重要性，但若將殺手當成職業，殺人就不是一次半次的事了，當然就得考慮如何逃出法網，管理好犯罪現場當然重要，但看奇案那麼多了，按過去的經驗，很多時現場證據都指向某嫌疑人，但警察總會認為那嫌疑人不像兇手而直接跳過，類似例子，比比皆是。

所以，筆者認為當職業殺手最重要的條件就是外表平凡，一副就算被看到也沒印象的樣子，目擊者想要幫警方砌個拼圖都無從入手那一種，而絕不能長得似奇洛李維斯，除非你真的有John Wick般的身手。

最初，或許納齊爾也有點懷疑，因為怎麼看艾米都是個普通不過的女生，在社交平台十分活躍。

但艾米解釋，正因如此，她才是專業的，她只是偽裝成普通人罷了。

艾米聲稱自己表面上擁有一份穩定的職業用以掩飾身份，她在美國大聯盟的球隊密爾沃基釀酒人裡從事行政工作，除了偶爾會到靶場射擊，從未接受過任何格鬥訓練，亦從沒有留下過任何案底，背景十分乾淨，絕不會惹人懷疑。而她活躍於社交媒體亦是誤導警方的伎倆之一，她總是發放一些經過修飾的圖片，讓人搞不清楚她的真正樣貌，易於逃避警方的追查。

## 殺手世界潛規則？

對於艾米的解釋，納齊爾只覺綸音貫耳，驚嘆殺手世界潛規則之神奇，竟就真的完全相信了艾米的話。

聰明如你，應該聽出一點不對勁吧？把在社交媒體上修圖這種行為說成是逃避警方追查的技倆，也只有艾米說得出口，但你別管，有人夠膽說就有人會信，反正納齊爾是信了。

其實，艾米的真正身份不過是棒球隊裡的售票員，閒時喜歡玩玩IG，放大量修圖照片，與本人的真實樣貌相距頗遠。

一邊廂夠膽胡扯就有人信，另邊廂夠膽下單就有人接，其實雙方都真是天作之合，只不過是向笨拙的方向發展而已。

艾米在美國雖然很容易弄到鎗，但她的僱主和目標人物都在英國，在英國要持鎗不是易事，所以她就買了兩柄鎗再拆件，用郵寄的方法寄去英國，竟又真的讓她成功蒙混過關。

接著艾米也動身前往英國去，出發前還不忘在IG上打卡，發佈一張在機上的照片，告訴全世界她要前往曼徹斯特，還說等不及和她的犯罪小夥伴們見面，生怕別人不知道她要去英國做壞事一樣。

到步後的第二個晚上，艾米就和穆罕默德父子見面了，兩父子卻對面前與IG照片上幾乎完全不同樣的大嬸毫不懷疑，還跟她討論起殺人計劃的細節。

原來在等待艾米來之前的這段時間，兩父子都沒有閒著， 一早就對仇家進行監視，並發現仇家最近正在掛售一輛二手車，認為這是個契機，可以請艾米假扮買家，約仇家出來看車時將之射殺。

艾米同意計劃，致電去約好看車時間後，在出發當日還不忘在IG發帖，貼上一張將自己改成魔鬼樣子的圖片。

行動當晚，艾米戴上了一條厚重的頭巾，把自己裝扮成一名穆斯林女性並盡量遮住自己的臉，然後開著一輛租回來的車前往預定地點。

來到約定地點不久，仇家亦開車來到，艾米毫不猶豫地持鎗上車，來到車旁即舉鎗扣板機，動作一氣呵成，半點遲疑都沒有，倒真有點電影裡專業殺手的模樣。

然而千算萬算，竟算漏了手鎗在經過拆卸重組後，特別容易卡彈，加上艾米從未拿鎗去試，沒料到手鎗竟在至關重要的時候卡彈了。

仇家立馬在驚惶中駕車逃命而去，臨走前還把艾米租來的車撞得不能開動。

艾米氣得七竅生煙，真心懊悔剛才沒打死他，但現下又無法駕車追殺過去。

這個時候，一直潛伏在附近的穆罕默德父子駕車來到，但並不是載艾米去追殺目標，而是意識到行動失敗，帶艾米撤了。

但艾米卻深生不忿，極不甘心，竟不斷向仇家發送挑釁和恐嚇的訊息，打算用激將法把對方引出來，最後當然沒有成功。

艾米意興闌珊，不做點什麼始終不能消氣，最後竟然乘的士到仇家的服裝店門外，向店的牆連開三鎗，留下了三個彈孔後才告離開。

殺人計劃雖然以失敗告終，但穆罕默德認為總算給仇家一個警告，對方以後應不敢那麼囂張跋扈，於是亦乖乖履行合約，付足尾期，讓艾米開開心心回美國去。

艾米殺人未遂，但錢就收足，還另有斬獲，原來她去英國出差雖只短短幾天，卻與委託人納齊爾打得火熱，納齊爾竟跟著艾米一同飛到美國去，纏綿了整整一個月光景。

納齊爾沒想到的是，開心的時光總是過得特別快，那邊廂剛講完拜拜，回到英國，在機場等著他的卻是警察，在他回英後馬上把他逮捕。同一天，他的父親阿斯拉姆亦被警方拘捕。

兩父子以為仇家會怕，從此該變得檢點些，豈料對方根本沒在怕，而且早就報警去了。警方則翻查監控錄像，找出穆罕默德父子當晚的坐駕在事發地點附近不斷徘徊，加上報案人訴說最近與兩父子的糾紛，幾乎可以鎖定事情就與他們有關了。

艾米知道兩人被捕後立即害怕起來，連夜收拾行李，匆匆逃離美國，跟家人說自己在亞美尼亞共和國找到工作，然後就離開了。艾米殺人的本事雖未到家，藏匿的技巧倒是有一手，不論英國或美國的警方在其後五年一直掌握不到艾米的行蹤，沒辦法只好先向穆罕默德兩父子進行審判。

兩父子皆承認策劃謀殺，雖然目標人物平安無事，但案件性質嚴重，最終兒子納齊爾被重判三十二年有期徒刑，父親阿斯拉姆則被判十年有期徒刑。

由於案件性質惡劣之餘趣味十足，判決一出之後惹起民眾關注，讓警方緝拿艾米的壓力大增，卻又欲擒無從，苦無頭緒之際，《每日郵報》的記者卻帶來了重要情報。

原來艾米是真的前往了亞美尼亞，並一直住在當地一間酒店式住宅，但就未知她所住單位。

然而，艾米這五年來雖然一直被通緝，可能她一心以為自己身在亞美尼亞，正所謂山高皇帝遠，應該拿她沒法，於是她就繼續毫不收儉地玩她的社交媒體，發佈她在異鄉生活的照片。

直至穆罕默德兩父子被捕判監，艾米才意識到事情並不簡單，這才將網上的照片刪去，連帳號都註銷掉。可惜一切補救措施都已經太遲，一直追蹤該案發展的《每日郵報》記者已將全部備份妥當，更根據照片拍出來的窗外景色、日照角度等，推測出艾米所住區域，最終調出監視器記錄，真的找出了艾米的身影。

記者將資料交給警方，再聯絡亞美尼亞有關當局，成功將艾米緝拿歸案，引導到英國受審。

艾米向警方解釋，說自己最初以為是在參與一個搞笑綜藝節目，筆者認為她這個解釋就真的有夠搞笑。

英國警方可不是穆罕默德兩父子，才不會接納這個白痴才相信的解釋，最終以運送彈藥及企圖謀殺的罪名將她告上法庭，案件排期至2025年7月審理，筆者執筆之時仍未開審，不過結果該沒有什麼懸念了，就是一宗幸而沒有死人的「怪奇謀殺案」。

# 買兇殺人判上判
# 贏得搞笑諾貝爾

上回提到，買兇殺人，比想像中困難得多，你以為有錢使得鬼推磨，其實不然。今時今日，KK園區大行其道，詐騙以全方位形式襲來，已早不限於某個國度裡才發生，總之什麼都假，連殺手都假，就只有騙徒是真，你想順利買兇殺人也非易事。

前文我都提過不少「搞笑」的謀殺案，但其實好些都是從悲劇催生出來，因為始終有人死去嘛！

上一回提到的女殺手謀殺案，絕對是場鬧劇，但與接下來提到的案件則還差得遠，因為此案可是有認證的搞笑，筆者認為用來為本書收尾真的是適合不過。

什麼？搞笑也有認證？

有的，有聽過搞笑諾貝爾獎嗎？

接下來筆者要說的怪奇謀殺案，就曾經榮膺2020年度搞笑諾貝爾獎，可惜的是涉事人都已啷噹入獄，無緣出席頒獎禮。

緣起於2014年4 月28日，事發在廣西的南寧，故事的主角叫魏杰，是當地某地產公司的總經理。

當日下午，魏杰正在辦公室裡埋頭苦幹，秘書卻通過內線電話通知他，剛剛有名陌生男子跑到前台，向她遞上一張神秘字條，請她轉交魏杰。臨走前千叮萬囑，說事關重大，請秘書小姐一定要交到魏杰手上，否則恐怕會惹上很大的麻煩。

秘書小姐覺得哪裡怪怪的，但又見那人神色凝重，一臉認真，故不敢不上報給魏杰知道。

很多人或許會置之不理，以為對方是白撞或是什麼的，但魏杰卻抵不住好奇，於是就拿了那字條來看。

不看尤好，一看大吃一驚，字條上竟清晰記錄了魏杰之前幾天的行蹤，內容鉅細無遺，看得魏杰背脊發涼，捏一把冷汗，因為他知道自己很有可能已經被人盯上。

然而，到底是誰盯上了自己？交上字條的神秘人又是誰？魏杰搜索枯腸，依然茫無頭緒。但見字條最後寫了一個地方名，神秘人還寫著若魏杰想解決麻煩的話，就到該址找他。還貼心提醒魏杰若怕孤身犯險，可以帶人一同前往。

魏杰心裡千頭萬緒，但覺對方言之鑿鑿，不似玩笑，最終決定帶同三名部下慷慨赴會，一探究竟。

見面地點是南寧某咖啡店，魏杰終於見到當天遞上神秘字條的男子——凌顯四。

凌顯四廢話不多說，直接遞上手機，給魏杰看裡頭的照片，看得魏杰心中發麻，因為手機裡有大量他的日常生活照，顯示他已被跟蹤一段時間而不自知，若這段期間對方想要做些對他不利的事，委實防不勝防。

人生安全攸關，一直冷靜的魏杰亦不自覺急躁起來，質問凌顯四那些照片到底哪裡來的？他到底有何目的？

凌顯四卻耐心地勸魏杰先冷靜下來，事情還不如他想像般壞，一切都還有轉圜餘地。

凌顯四一來就先說出重點，告知魏杰在南寧有人要「買起」他，而凌顯四就是殺手之一。

魏杰嚇得鐵青了臉，一時間想不到自己得罪過什麼人，嚴重得要被殺人滅口。同時又猜不透凌顯四既然是殺手，為什麼又要約他見面，還彷彿帶著善意，將一切娓娓道來呢？

凌顯四再次勸魏杰別慌，他根本不打算對魏杰動手，他會告訴魏杰事情的來龍去脈，不過是有條件的。

「什麼條件？」魏杰想當然會這樣問。

「我要你死一次。」凌顯四說。

「死一次？」魏杰直如丈八金剛，摸不著頭腦。

凌顯四解釋說因為僱用他的人出手太低了，他才不願意因此殺人，但案子都接了，也得做點事，於是就想到與魏杰合作，請魏杰假裝被殺，被他拍照交差，同時請他到外地避避風頭，可說是一舉兩得。

魏杰雖然覺得荒誕，但知道凌顯四並非說笑，所謂不怕一萬，只怕萬一，遂決定先跟凌顯四合作，解一時之危為重，於是就在身上塗些假血漿，死一次給凌顯四拍照，然後連夜跑到上海去避風頭，一去就去了一個星期。

一星期很快就過去，魏杰越想越不對勁，扮死總不能扮一世，而且他的重心業務全部在南寧，不能離開太久。思前想後，魏杰還是決定回南寧報公安。

## 水很深的鬧劇

公安起初聽畢魏杰講述事情原委後也覺得似是鬧劇一場，或礙於魏杰在當地也是有財有勢的人，總不能不聞不問，於是便展開了調查。

公安一查下去，發現雖是鬧劇，卻是千真萬確，而且水很深。

凌顯四貌似幫忙魏杰逃過一劫，但其實他並非什麼好人，是個案底纍纍的慣犯，這次委託他殺人的正是他以前的獄友——楊廣生。

公安順藤摸瓜，繼續追查，這才發現楊廣生也是受托的，委託他的人是楊康生。

楊康生就是源頭嗎？

不，還差得遠，公安發現這宗竟是層層外包，又層層剝削的殺人計劃，好不容易才查出一切源起於一名叫做覃佑輝的人。

那麼，這位覃佑輝又是如何與魏杰結下梁子的呢？

事實上，兩人不單一點都不熟絡，幾乎可說不認識，只不過覃佑輝跟魏杰一樣從商，同樣經營有關地產的項目。

覃佑輝之所以要買兇殺死魏杰，正是和錢銀有關，牽涉到一單生意。

覃佑輝是個成功商人，在南寧薄有名氣，投資項目很多，在2012年時開始投資房地產，由於不是自己的本業，於是通過朋友介紹，認識了一位名叫徐廣健的地產大亨，經遊說後投資高達五千萬元。

徐廣健聲稱該項目能翻倍營利，覃佑輝只要投資他旗下兩間公司，什麼都不用做就可以等收錢。

那麼事情跟魏杰又有什麼關係呢？

原來魏杰是徐廣健其中一間公司的大股東之一，但兩人早有嫌隙，處事針鋒相對。

及至2013年，徐廣健因非法收購野生動物被捕入獄，魏杰知悉後大叫一聲：「飛雲，機會來了！」，趁機起訴徐廣健旗下另兩間公司，爭奪某地歸屬權。

平日徐廣健和魏杰如何鬧矛盾，覃佑輝都可以不理，但這次卻觸動到他的神經，因為他投資五千萬的項目正是與該地有關。這麼一來，覃佑輝開始擔心了，最壞的情況下不單只拿不到應有的回報，投資下去的五千萬亦很有機會打水瓢。

事件鬧上法庭，初審魏杰佔盡優勢，覃佑輝思來想去，唯一辦法就是讓魏杰在這世上消失。

覃佑輝也真是個狠人，面對五千萬的投資，翻倍的回報，他也沒有省著，一來就花兩百萬買兇殺人，出手算是闊綽，但為什麼凌顯四會嫌錢少呢？

正如覃佑輝不會投資地產所以要找人介紹一樣，他不認識殺手，於是找人介紹，結果就有人給他介紹了奚廣安。

為什麼是奚廣安？據說他在當地有些名氣，他的外號就是「殺手」，聽起來既冷酷又無情。

奚廣安收了覃佑輝一百萬上期，卻沒有打算出手，因為他根本不是什麼殺手，而是個普通的小混混，「殺手」只是花名，跟網名沒兩樣，類似「江門古天樂」之類。

既然不是殺手，為什麼奚廣安又接案子呢？

原來他想到了一個驚天妙計，只要拿上期的一百萬去請殺手不就好了嗎？事成之後，他就可以拿一百萬尾期，真正的殺人於千里之外，坐享其成，豈不完美？

於是，奚廣安就找來了據說在黑道蠻有名的莫天祥。

莫天祥聲稱自己行事乾淨俐落，奚廣安聽著心動，暗忖這樣最好不過，於是便以一百萬來委託莫天祥。

但就你奚廣安可以有張良計，莫天祥就不能有過牆梯嗎？

不，莫天祥的也是張良計，他想的跟奚廣安一模一樣，又拿錢去另請他人，於是就把殺人任務外判給楊康生，頭期廿八萬，事成再給五十萬，自己則可以賺廿二萬，也算不錯。

接下來，楊康也用著一模一樣的方法，將殺人任務以廿萬外判給楊廣生。

楊廣生再用十萬元外判給凌顯四。

外判制度的層層剝削，真的在這案件中發揮得淋漓盡致，明明是兩百萬的高價委託，只是幾個轉折就剩十萬元了，結果沒能有錢齊齊賺，而是有牢齊齊坐。

鬧劇告終，猶幸魏杰逃過一劫，不過並不代表這班「殺手」不用負法律責任，他們分別被判兩年七個月至五年徒刑不等，還一同斬獲了2020年度搞笑諾貝爾管理學獎。

是否實至名歸，就留待你們判斷吧！

## Check this out

# 什麼是搞笑諾貝爾獎？

定義：搞笑諾貝爾獎是一個國際性的惡搞獎項，於1991年創立，旨在進行「先引人笑，再引發人們思考」的科學研究。獎項名稱「搞笑諾貝爾獎」是對諾貝爾獎的幽默致敬，強調其輕鬆和非傳統性。

主辦單位：由《Annals of Improbable Research》（《不思議研究年鑑》）主辦，專注於幽默科學的雜誌主辦，與哈佛大學和麻省理工學院的科學家合作。

頒獎時間與地點：

每年9月或10月，在哈佛大學桑德斯劇院（Sanders Theatre）頒發頒獎典禮（2020年起因疫情部分線上舉行）。

頒獎典禮後，獲獎者在麻省理工學院進行公開講座，解釋研究。

獎項類別：參考諾貝爾獎，設定物理、化學、醫學、經濟、和平等類別，但也包括靈活的非傳統類別（如管理學、昆蟲學）。每年約頒發10個獎項。

獎杯與獎金：

獎盃為自製工藝品，常為紙盒或廉價物品，設計與年度主題相關。

獎金為10兆元津巴布韋幣（幾乎無價值，因津巴布韋貨幣惡性通貨膨脹），純粹搞笑。

# 後記

好不容易完成這本書，感激每個看到這裡的人。

難就難在，過去一年真的太忙了。

呼應前言，從事文字創作的困難，真是罄竹難書，筆者選擇不說，只因不想矯情，沒理由情勒讀者。

筆者選擇更努力去追逐夢想，同時兼顧生計，所以我找了份全職工作，但寫稿量不變。

每星期三篇小說連載，同時要出兩本書，還有參加兩個寫作比賽，感覺像在燃燒自己的生命，只能說若不是真正喜歡寫作，實在是做不來。

在這裡想謝謝我的太太阿Too，因為我投身全職工作，相對照顧家庭的時間減少了，感謝她在這段時間裡把家庭打理得頭頭是道，特別是把孩子帶得很好，讓我可以毫不擔憂，全心全意全靈的投入在工作和創作上。

感謝筆求人工作室出版社的信任，我知道今時今日出每一本書都如履薄冰，但筆求人這幾年都一直努力不懈，慢慢站穩陣腳，我是樂觀其成，亦為自己能盡一分力而深覺榮幸。

最後，當然要萬分感謝買了此書的每一個你。肯花錢買書本來就不易了，還要是買我的書，小弟真是幸何如之。

至於明年是否會再寫一本，我都是那句說話，一切得看銷路而定，不求大賣，只要仍有生存空間，還是會繼續努力的，期待與大家將來能在書海再聚！感恩！

馬菲　二零二五年　夏

# 《跨鬼界 馬菲的靈異世界》

## 由香港到台灣
## 從見鬼到遇仙的靈異見證

陰陽眼作家馬菲，這些年來在靈異路上的經歷開始慢慢轉化，跟過去有點不同。見鬼的次數減少了，卻與另一層次的「東西」有更多接觸：

### 啟靈

「我顫抖抖的走到壇前，終於禁受不了，雙膝不由自主一彎，人就跪到蒲團之上……那是「啟靈」儀式。經此一役，我就會對「高等靈」生出感應……說我有仙緣，跟擁有所謂的陰陽眼截然不同，不可同日而喻。」

作者：馬菲

國際書號：
978-988-74120-5-2

定價：HK$90

### 上身

「鬼上身是真有其事，但並不如坊間大眾想像般容易，需要符合很多條件。一個人絕少無緣無故被鬼上身，當中自是有些因由……」

「想要知一個人是否鬼上身，應當從其他方面出發，例如留意他或她有否平常沒有的舉動、甚至是一些異於常人的舉動」

### 精怪

「在台灣就有不少人會拜一些古靈精怪的東西…有些精怪，也不一定要到陰廟才遇到，例如我先前提過的蕉精，偶一不慎，隨時撞見。…出名的精怪，除了蕉精，當然少不了狐狸精。」

# 《深層恐懼 美國都市傳說》

美國立國接近 250 年，其傳說源流卻可超越 250 年，一些傳說是由印地安人原住民那裡流傳下來，另一些則銜接歐洲傳說，亦有些故事與非洲或海地巫毒有關。作為當代軍事與科技大國，美國都市傳說還會牽涉不少秘密實驗或外星生命。本書涵蓋面廣泛，由怪物到靈異到神秘現象到詭異奇談均有涉獵。

## 直擊恐怖深淵　80 個經典美國都市傳說

### 怪奇生物

- 從暴擊怪物、山羊人、格倫奇怪物，美國多處出現半人半山羊的怪物……
- 瓜頭人、天蛾人，均是實驗室的逃脫實驗品？

### 神秘現象

- 阿拉斯加三角、布里奇沃特三角、薩滿門戶，美國充滿神秘現象的地帶。
- 當你感到絕望，一架沒有目的地的巴士出現，上車後會改變你的人生……

### 陰靈不散

- 阿拉斯加庫什塔卡、愛達荷州水寶寶、拉尼爾湖的鬼魂，美國版水鬼抓替身。
- 繃帶人、童子軍幽靈、敲車門的小女孩亡魂，公路亡魂多。

作者：列宇翔

國際書號：
978-988-70099-3-1

定價：HK$158

### 詭異傳說

- 自 2020 年開始，美國多個荒僻地區出現神秘金屬巨柱，是否隱藏外星訊息？
- 黑瞳孩子是邪靈還是外星生命？你無法拒絕他的要求……
- 兔人、糖果女士、克羅普西，源自真實案件的傳說？

# 末世大預言
# 《世界預言家與陰謀佈局》

## 世紀末日預言
## 揭秘 · 追查 · 分析

**2025 年是各國各界別特別關注的一年，各種預言四起。**
**究竟這些預言是神喻，抑或危言聳聽？**

- 《聖經》末日預言：以西結戰爭有何徵兆
- 猶太人預言「第三彌賽亞」將與伊朗及中東鄰國交戰
- 當梵蒂岡出現最後一任教宗，末日之戰就會開始…
- 花地瑪聖母顯靈，第三個秘密的真相是什麼？
- 木村秋則遇外星人，得知「地球曆終結」的日子…
- 漫畫家從預知夢看見311大地震，更預言2025年7月日本發生大海嘯…
- 美國先知揚言馬德里斷層將有大地震、外星人抓走基督徒…
- 2026-27會出現天災人禍的赤馬紅羊劫？
- 諾查丹瑪斯預言「第三敵基督」帶來空前大災難？
- 英國靈媒指特朗普將揭露UFO檔案？
- 《阿森一族》是預言卡通片還是穿鑿附會？
- 「光明卡」一早透露特朗普會遭到暗殺？
- 《經濟學人》封面準確預測世界局勢？
- 盲婆龍婆逝世多年，她留下了有關世界命運的預言嗎？

作者：關加利、程明暉、森吾一、列宇翔

國際書號：978-988-70099-7-9

定價：HK$188

作者簡介

# 馬 菲

見鬼作家，愛神怪，好玄奇，熱衷寫作，擅長以獨特角度描寫靈異古怪之事。

著有《黑色救護誌》、《跨鬼界 馬菲的靈異世界》、《鬼島驚奇 台灣都市傳說》、《靈異謀殺案》等述說真實靈異事件的作品；亦著有《異人》、《解靈人》、《墓靈娘》等暢銷小說。

作者　：馬菲
出版人　：Nathan Wong
編輯　：尼頓

出版　：筆求人工作室有限公司 Seeker Publication Ltd.
地址　：觀塘偉業街189號金寶工業大廈2樓A15室
電郵　：penseekerhk@gmail.com
網址　：www.seekerpublication.com

發行　：泛華發行代理有限公司
地址　：香港新界將軍澳工業邨駿昌街七號星島新聞集團大廈
查詢　：gccd@singtaonewscorp.com

國際書號：978-988-71366-0-6
出版日期：2025年7月
定價　：港幣128元

PUBLISHED IN HONG KONG